밀란 쿤데라를 찾아서

A LA RECHERCHE DE MILAN KUNDERA

밀란 쿤데라를
찾아서

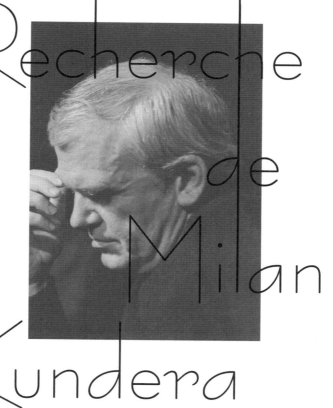

A
La
Recherche
de
Milan
Kundera

아리안 슈맹 지음 | **김병욱** 옮김

mu∫inTree
뮤진트리

차
례

▪ 일러두기

– 이 책은 Ariane Chemin의 《À la recherche de Milan Kundera》(Seuil, 2021)를 우리말로 옮긴 것이다.
– 본문 하단의 각주 중 옮긴이의 것은 (— 옮긴이)로 표기했다.
– 외래어 표기는 국립국어원 외래어 표기법에 따르되, 관습으로 굳어진 경우 관례를 따랐다.
– 단행본은 《 》, 잡지·단편·신문 등은 〈 〉로 표기했다.

1

실종

A La Recherche de
Milan Kundera

문득 파리가 옛 동구권東歐圈 어느 나라의 쓸쓸한 수도 같은 느낌이 든다. 빵 가게 앞마다 말 없는 잿빛 줄이 길게 늘어서서 참고 기다리고 있다가 야간 통행금지 전에 집으로 피신하러 종종걸음으로 떠나간다. 하나같이 마스크를 코에 걸친 채, 고개를 숙이고서 발걸음을 옮기기에 바쁜 그 사람들 무리는 그녀를 알아보지 못한다. 이글거리는 눈빛에 커트 머리를 한 여자, 크루아루즈 광장과 라스파이 대로 사이에서 다부지게 걷고 있는 갈색 피부의 호리호리한 그녀를.

하지만 그녀가 누군지 나는 안다. 사실 나는 50년 세월을 함께한 아내 베라의 실루엣에 매달린 밀란 쿤데라의 길쭉한 실루엣을 종종 알아보곤 했다. 세기와 국경을 넘나든 파란 많은 그들의 삶만큼이나 깊은 감명을 주는 두 신체, 죽을 때까지 서로에게 그렇게 묶인 채 살도록 선고받은 양, 같은 운명 속에 서로 휘감겨 있는 두 분신.

나는 그들과 마주쳐도 감히 다가가지는 못한다.

수십 년 전, 두세 거리 떨어진 저 위쪽 구역에서 사람들이 종종 스쳐 지나곤 했던 사뮈엘 베케트가 그랬듯이,《농담》의 저자는 그의 독자들에게 유령 작가가 되었다. (슬픈) 섹스, (귀에 거슬리는) 웃음, 개 카레닌의 '미소', 수영장 가에서 아녜스가 날린 손짓 등…, 그의 골치 아픈 등장인물들은 우리의 기억에 새겨져 지워지지 않는다. 벨라 바르톡은 그런 것을 "천재적인 단순함"이라고 했고, 쿤데라와 가장 가깝게 지낸 친구 중 한 사람인 작가 브누아 뒤퇴르트르는 "평범한 일상사에 대한 통찰"로 설명한다.

37년 전부터 텔레비전 출연을 일절 거부해온 탓에, 이 소설가는 실세계에서 사라져버렸다. 희귀하면서도 어디에나 있는 사람, 희귀함은 존재를 빛내고, 편재偏在는 존재를 흐릿하게 한다. 책을 통해서 살고 책 속으로 사라진 사람, 이미 이야기한 이야기들의 소리 없는 화자가 된 사람, 현재 아흔두 살의 쿤데라는 자발적 실종자다. 지금 그는 세계에서 가장 많이 읽히는 작가 중 한 명이다. 그의 책 17권의 번역본 50종이 그의 아파트 현관에 바벨탑의 나선형 복도처럼 쌓여 있다. 또한 그는 수필집《소설의 기술》로 작가들을 위한 작가가 된 사람이기도 하다. 다른 위대한 작가들, 가브리엘 가르시아 마르케스, 살만 루슈디, 필립 로스, 레오나르도 샤샤 같은 이들과 대화하고, 영화감독 페데리코 펠리니를 비롯한 숱한 예술가들과도 친밀한 사이다.

　그의 영국인 친구 프랜시스 베이컨의 작은 그림 한 점이 그의 아파트 내 한 벽면을 장식하고 있는 모양이다. 쿤데라는 오래전인 1977년의 어느 글에서 이렇게 적었다. "화가의 시선이 거친 손처럼 얼굴 위에 놓인다…. 우리 모두에게는, 타인의 마음과 배후에 숨어 있는 뭔가를 찾아내고자 하는 바람으로, 타인의 시선을 구기는 이 같은 손동작이 있다." 베이컨은 이 체코 작가가 정말 놀랍다고 생각했다. 지금껏 그를 이토록 잘 파악한 사람은 없었다. 그 후 이 무명 화가의 작품들은 토템이 되었다. 쿤데라의 책에서 뽑힌 인용문들은 격언처럼 변형되어 SNS에서 욕망과 죽음, 혹은 기쁨 등을 표현하는데 쓰이곤 한다. 문학 엽서용 작가가 될 운명에 사로잡힌 작가 쿤데라, 그는 자기 자신의 실종을 기획한다.

그가 증발해버리고 싶은 유혹에 끌린 것은 1984년에 《참을 수 없는 존재의 가벼움》이 대성공을 거둔 뒤부터였다. 그해 그는 베르나르 피보가 진행하는 텔레비전 프로그램 〈아포스트로프Apostrophes〉의 출연 제의를 받아들인다. 하지만 그때 이미 그는—당시의 그 사진은 오래도록 남을 것이다—, 필립 로스가 꼭 그랬듯이, 카메라를 멀리하기 위해 얼굴을 두 손으로 가린다. 나는 그해 1월의 어느 금요일 저녁, 텔레비전에서 그의 푸른 눈동자와 초췌한 말들을 보았다. 가동식 조명 장치와 소음에 대비되는 쿤데라의 그 신중한 태도와 약간은 기계적인 동작, 그리고 그의 수줍음과 침묵 성향은 왠지 내게 휴식을 주는 듯한 느낌이 들었다. 나는 사생활을 최고 가치로 내세우는 그의 생각을 좋아한다. 그는 무엇보다도

1984년 〈아포스트로프〉에 출연한 밀란 쿤데라.

사랑의 성찰에 탁월하다.

이 방송 이후, 미디어들이 앞다퉈 그를 차지하려 든다. 그는 〈더 파리 리뷰〉를 위해 그를 인터뷰한 에세이스트 친구 크리스티앙 살몽에게 "더는 나 자신을 감당할 수 없다"고 고충을 털어놓는다. 그 순간 이후 쿤데라는 모든 것을 오직 문학을 위해, 그리고 문학을 통해서만 하기로 작정하고서 침묵 속에 칩거한다. "1985년 6월, 나는 다시는 인터뷰를 하지 않겠다고 굳게 결심했다. 나의 저작권이 명기되지 않은(⋯) 나의 말들은 이날 이후부터는 가짜로 간주해야 한다." 파리에 있는 그의 아파트 인터폰 이름표에는 소설가 친구 중 누군가 또는 그의 아일랜드 번역가 이름을 적어 종적을 숨긴다. 그의 아내나 그가 인터폰을 받게 하려면 특정 코드를 따라야만 한다. 벨 소리 한 번, 두 번⋯. 영락없는 불법체류자의 방식이다.

쿤데라는 걷기를 좋아하는 작가다. 그는 정원이나 서

재에서, 서서 또는 앉아서 글을 쓸 수 있다. 자기 집이건 다른 사람 집이건, 손에 흰 럼주 한 잔이나 유명한 자그레브 압생트 한 잔만 있으면 된다. 섬으로 떠나는 것이 그가 부리는 유일한 멋이다. 나는 언젠가 이 커플이 좀 더 남모르는 곳에서 살기 위해 아일랜드로 망명해버릴 생각까지 했다는 걸 안다. 그가 생각하기에 지금은 관광객이 너무 많은 세상이다. 언젠가 코르시카로 여행을 떠났을 때 그는 밤나무 숲에 둥지를 튼 한 민속촌에 잠시 머물고는 거기에서 자취를 감춰버리고 싶었던 것 같다. 삼피에로의 어느 도로변 술집에서 맛본 저녁 파티들과 거창한 시낭송회가 몹시도 좋았던 모양이었다. 쿤데라 부부 곁에는 언제나 음악과 예술과 시를 위한 자리가 있다. 코르시카 남부의 '르 마키' 호텔 10호실, "그들은 가장 고립된 위치이면서 해변으로 곧장 나갈 수도 있는 이 10호실을 예약하곤 했습니다. 몇 주씩 머무르곤 했는데, 내가 알기론 여기서 책도 한 권 썼지요. 그 후 사람들은 이 방을 '쿤데라 스위트룸'으로 부른답니다." 호텔 주인의 설명이다.

그들은 또 유고슬라비아의 로신 섬이나, 카리브 해에 위치한 마르티니크 섬에 사는 친구인 얼굴 없는 초상화가 에르네스트 브르뢰르의 아틀리에도 무척 좋아한다. 이 섬들은 특히 부부가 무국적자로 여권 없이 살던 시절, 몰래 빠져나가곤 했던 일상 탈출 장소들이기도 하다. 결국 쿤데라 부부는 파리 시민으로 남았다. 현재 그들은 파리에서 봄이 되면 울창한 작은 섬 같은 분위기가 물씬 풍기는 어느 막다른 골목 끝에 살고 있다.

언론에 넘긴 그의 드문 얼굴 사진들은 대개 아내 베라의 작품이다. 어느 날 〈르 몽드〉가 실수로 다른 사진을 게재하자, 쿤데라는 '수정'해달라고 요구했다. 오직 그의 아내 베라만이 그를 카메라 속에 가둘 권리를 갖는다. 작가 도미니크 페르낭데즈는 이렇게 회고한다. "내가 프랑스 한림원에 입성했을 때, 그와 기념사진을 한 장 찍고 싶었습니다. 그러자 그가 화를 버럭 내며 떠나더니 돌아오지 않더군요." 2018년 11월에 체코 총리인 '반체제' 과두정치인 안드레이 바비스가 그의 아파트를 방문했는데, 당시 쿤데라는 이 정치인의 페이스북 홍보 포스트에 어떤 사진도 게재하지 말 것을 방문 조건으로 제시했다. "꼭 그는 누군가가 자신의 영혼을 훔쳐 갈까 봐 겁내는 인디언 노인 같아요." 베라는 종종 그렇게 말하곤 한다.

매사에 신중한 쿤데라는 편지보다는 그림 보내는 걸 더 좋아한다. 그는 맥없는 둥근 형태의 사람들, 꼭 피카소가 바바파파 식으로 그린 듯한 기이한 인물들을 즐겨 그린다. 작가 레일라 슬리마니는 "i" 위

쿤데라가 레일라 슬리마니에게 선물로 준 프리즈의 디테일.

에 점 대신 꽃봉오리가 얹어진, "Milan K"가 어린아이의 손글씨 같은 필적으로 쓰인 프리즈 하나를 선물로 받아, 그것을 액자로 만들어 집에 걸어두었다. 편지건, 타자로 친 텍스트건, 이 커플은 뒤에 어떤 흔적도 남겨두지 않는다. 2010년 가을, 베라는 24년 동안이나 혼자서 전담

해오던 남편 관련 일 처리 업무를 그만두고서, 미국인 문학 에이전트 앤드류 와일리, 일명 '르 샤칼'에게 쿤데라의 국외 저작권들을 위탁한 후 모든 계약서를 폐기한다. "청소부들을 불렀어요. 내 인생의 4반세기가 내 눈앞에서 산산조각이 났죠." 체코 잡지 〈호스트〉와의 최근 인터뷰에서 그녀는 그렇게 털어놓는다. 쿤데라의 40년 지기인 알랭 핑켈크로트도 속삭이듯이 말해준다. "내 생각에는 아마 자신들의 편지까지도 불태워버렸을 것 같아요."

쿤데라는 "예술가는 자신이 겪어보지 않은 후세가 신뢰할 수 있게끔 처신해야 한다"라는 플로베르의 문장을 즐겨 인용한다. 언제나 그는 이 시대 사람들의 "경솔하고 무분별한 언행(특히 남의 비밀을 함부로 누설하는 행위 등)"을 혐오했고, 그것을 "중대 범죄"(〈뉴욕타임스〉, 1985)로 여겼다. 그는 오수汚水의 시기를 겪었으나 동구에서의 삶에 대한 이데올로기적 해석을 경계한다. "공산주의 나라들에서는 경찰이 사생활을 파괴하지만, 민주주의 나라들에서는 기자들이 사생활을 위협한다." 언젠가 쿤데라는 지금은 고인이 된 프랑스 문단의 기둥 프랑수아 누리시에를 마주한 자리에서 이렇게 내뱉었다. "저는 제 삶을 멜로드라마로 만드는 걸 좋아하지 않습니다." 그러고는 자기 자신의 삶을 봉인해버렸다.

하지만 그 삶이 어떤 삶인가! 그는 나치 침공기인 1929년 체코슬로바키아에서 태어나 1948년 공산주의자들의 권력 장악과 그 20년 후 프라하의 봄을 경험했다. 그리고 프랑스를 조국으로 삼았다가 2019년 11월 다시 국적을 '원상 복귀'하기까지, 그의 삶을 중심으로 한 세기의 역사가 펼쳐진다. 쿤데라는 자신이 좋아하는 소설가 중 한 명인 빈Wien 사람 헤르만 브로흐에 대해, "그가 산 시대의 유럽의 모든 비극이 그의 운명 속에 각인되어 있다"라고 적었다. 쿤데라 자신은 냉전과 철의 장막을 가로질렀고, 두 세기에 걸쳐 여러 국경을 넘나들며, 유럽이 지닌 환상들의 느린 해체에 동행하고 있다. 정말 소설 같은 운명이요, 가끔은 존 르 카레의 탐정소설에 등장하는 인물 같다는 생각도 든다.

만남 장소로 알려준 생-페르 가街 인근의 한 카페 테이블에서 나를 마주한 베라 쿤데라는 장난스러우면서도 경계하는 듯한 태도를 보인다. 그녀는 내게 남편을 만나보라는 제안을 하지 않는다. "우리 삶은 전혀 흥미로울 게 없어요"라고 그녀가 말한다. 그리곤 심각한 목소리로 마치 나를 시험하듯 냉전 시대 식의 뜨끔한 비난을 날린다. "저널리스트들의 탐지견은 목을 매달아야 해요." 이어 두 커피잔 사이에 놓인 나의 공책을 쥐더니, 그 말을 어린아이처럼 휘갈겨 쓰고는 웃음을 터뜨린다. 그제야 그녀의 얼굴이 부드러워진다. 12시간 뒤, 그녀가 내게 한밤의 문자메시지를 보낸다. 앞으로 오랫동안 이어질 문자 시리즈의 첫 번째 메시지다. 이제 보물찾기가 시작되었음을 나는 깨닫는다.

2

동토에서 온
작가

A La Recherche de
Milan Kundera

"밀란 쿤데라는 체코슬로바키아에서 태어났다. 1975년에 프랑스에 정착했다." 이것이 저자가 자신의 책에 넣도록 제안한 유일한 *저자 소개글*이다. 모든 전기 작가에게 보내는 코웃음처럼 울린다.

그가 1929년 4월 1일 브르노Brno('브르으노Brrreno'로 발음)에서 태어났을 당시, 오랫동안 모라비아 공국[1])의 수도였던 이곳은 1918년에 오스트리아-헝가리 제국에서 해방된 신생 체코슬로바키아의 두 번째 도시였다. 그의 조국이 해방 전 속했던 오스트리아-헝가리 제국은 주민이 5천만 명에 이르고 우크라이나 지역까지 펼쳐져, 진즉부터 민족주의적 특징이 두드러진 여러 민족과 언어의 모자이크였다. 중부 유럽의 메타포요, 쿤데라의 표현에 따르면, "최소 공간에 최대치의 다양성"을 지닌 제국

---

1) 1182년부터 1918년까지 현재의 체코에 존재했던 변경백국이다.

이었다. 세계의 축소판을 경험할 수 있는 곳이랄까.

성당 하나와 성 하나가 우뚝 솟아 있는 지방 도시 브르노는 프라하 같은 매력은 없지만 활기찬 문화 중심지다. 클림트와 에곤 실레 같은 화가들, 프로이트와 정신분석학, 알반 베르크와 그를 뒤이은 말러의 음악 혁명 등, 탄생하는 세기의 현대성이 창조되고 있는 들끓는 수도 빈으로부터 불과 135킬로미터 떨어진 곳이다.

그곳의 지배적인 분위기는 세계주의다. 많은 이들이 아직도 독일어로 말을 한다. 이 도시의 '지역 관광 협회'가 1936년에 만든 포스터에서, "체코슬로바키아의 두 번째 도시를 방문해보세요!"라며, 브르노의 장점을 프랑스어로 홍보하는 것을 우연히 보게 되면 오늘날에도 이상한 느낌이 든다.

쿤데라는 자신의 어머니 밀라다에 대해서 한마디도 한 적이 없다. 그의 가장 개인적인 작품 중 하나인 《웃음과 망각의 책》에도 어머니는 그림자조차 아른거리지 않는다. 그가 언급하는 이는 아버지 루드비크 쿤데라다. 뛰어난 피아니스트이자 음악학자로서 음악원 교수

1936년의 브르노시 지역 관광 협회의 홍보 전단.

로 일했으며, 훗날 전쟁이 끝난 후에는 브르노에 있는 음악 아카데미 학장이 되는 그의 아버지는 아방가르드 정신을 지닌 분이었다. 쿤데라는《만남》에서, "그는 1920년대에 파리에서 다리우스 밀로의 피아노 소품들을 체코슬로바키아에 들여와 현대 음악 연주회를 찾는 드문(매우 드문) 청중 앞에서 연주했다"라고 이야기한다.

밀란 쿤데라의 아버지는 작곡가 레오시 야나체크의 제자다. 훗날 쿤데라는 파리에서, 당시만 해도 프랑스에 거의 알려지지 않았던 이 작곡가를 무명의 그늘에서 빼내려고 애쓰게 된다. 역시 음악가 겸 작가인 브누아 뒤 퇴르트르는 쿤데라가 음악 잡지 〈아방-센〉이나 〈르몽드 드 라 뮈지크〉에 야나체크의 오페라 작품들이나 4중주들에 관해 쓴 음악 평론 기사들을 노트르담 인근에 있는 자신의 아파트에 간직해두고 있다. 몽파르나스 근처, 리트레 가에 있던 쿤데라 부부의 첫 번째 아파트를 방문했던 이들은 이 작가의 서재에 걸려 있던 세 장의 사진을 분명히 기억한다. 그 하나는 그의 문학적 슈퍼에 고였던 유명한 빈 소설가 헤르만 브로흐의 사진이었고,

또 하나는 야나체크의 사진이었으며, 나머지 하나는 그의 아버지의 사진이었다.

쿤데라는 아버지에게서 긴 두 손과 완벽한 귀를 물려받았다. 이에 관해, 〈르 피가로〉 지의 기자 출신으로 파리정치대학 교수로 일한 알랭-제라르는 다음과 같이 이야기한다. 그는 1975년부터 쿤데라의 친구가 되었다. "밀란이 파스퇴르 대로에 있는 우리 집을 방문했을 때, 나는 야나체크의 유명한 콘체르티노의 도입부 첫 소절을 나의 플레엘 피아노로 연주해주었습니다. 연주를 듣던 그가 갑자기 몸을 벌떡 일으키더니 B플랫음 하나를 수정해주더군요." 이 외아들은 어린 시절 고된 수련을 받았던 것 같다. 《배신당한 유언들》에서, 그는 어린 시절, 자신의 피아노 즉흥 연주를 듣고 화가 난 아버지가 "내 방으로 달려오셨고, 나를 의자에서 들어 올려 식당으로 안고 가서는 분을 간신히 삭이며 나를 식탁 밑에 내려놓았다"라고 이야기한다.

어린 쿤데라의 '작곡' 선생 중에 파벨 하스라는 사람

파벨 하스(1899~1944).

이 있다. 그의 아버지의 친구다. 우울한 유머를 지닌 매력적인 선생으로, '거장' 야나체크의 가장 재능 있는 제자였다고 사람들은 말한다. 1933년부터 1934년까지, 어린 쿤데라는 악보집을 겨드랑이에 끼고서 그의 집으로 수업을 받으러 다녔다. 1939년부터 파벨 하스는 노란 별을 달았다. 유대인들이 재산을 몰수당하던 시절이었기에, 그는 자신의 작은 피아노와 함께 끊임없이 새 아파트로 옮겨다녔는데, 그러다 결국 박해받는 다른 예술가들과 함께 쓰는 작은 숙소에 자리를 잡았고, 거기에서 제자 쿤데라는 하모니 연습곡들을 연습했다.

당시의 일에 대해 쿤데라는 《배신당한 유언들》에서 이렇게 쓴다. "그 모든 일들 가운데 아직도 나의 기억에 남아 있는 것은 파벨 하스를 흠모하는 마음과 서너 개의 이미지뿐이다. 특히 이 이미지가 그렇다. 수업이 끝난 뒤 그가 나를 바래다주다가 문 가까이에서 멈춰서더니 불쑥 이렇게 말했다. '베토벤에게는 놀랄 만큼 약한 악절들이 많아. 하지만 센 악절들을 가치 있게 하는 것은 바로 그 약한 악절들이야. 잔디밭처럼 말이야. 잔디밭이 없으면 우리는 그 위로 자라나는 아름다운 나무에서 즐거움을 느낄 수가 없을 거야.' (…) 스승님의 그 짧은 성찰은 한평생 나를 따라다녔다. 나는 처음에는 그것을 옹호했고, 다음에는 그것과 싸웠다. 그것이 없었다면(그것과의 오랜 싸움이 없었다면), 이 텍스트는 절대 탄생하지 않았을 것이다…. 그 잔혹한 여행을 떠나기 얼마 전, 아이 앞에서, 드높은 목소리로, 예술작품의 구성 문제를 성찰하던 한 인간의 이미지로 글을 맺을 수 있어 기쁘다."

1941년 어느 날, 파벨 하스는 실제로 제자를 더는 받지 않는다. 수송 차량이 그를 '고통의 수도' 테레진 수용소로 태우고 갔다고 쿤데라는 적었다. 그 후 사람들은 몸을 거의 움직이지 못하고 끔찍할 정도로 마른 음악 선생이 얼빠진 수감자들 앞에서 자신의 작품을 연주하는 것을 나치의 어느 선전 영화에서 보게 된다.

〈피아노, 비올라, 클라리넷과 드럼을 위한 4중주〉. 쿤데라는 이 곡을 쓴 작곡가로서, 또한 열혈 공산주의 투사로서 인생의 장에 들어선다. 그는 16세 때부터 마르크스의 저작을 탐독한다. 1947년에는 당의 청년 운동에 가담한다. 유럽에 철의 장막이 드리워져, 유럽을 둘로 나눈다. 1948년, 체코슬로바키아 공산당을 권좌에 앉히기 위해 모스크바가 기획한 프라하 사태가 그를 전율케 한다. 쿤데라는 1981년에 〈리베라시옹〉과 가진 인터뷰에서, "1948년 무렵에는 나도 혁명을 찬양했다"라고 인정했다. 그리고 1984년에는 〈르 몽드 데 리브르〉에서 "공산주의는 스트라빈스키, 피카소, 초현실주의만큼이나 나를 사로잡았었다"라고 덧붙였다. "자기 아버지도 자기가 공산당에 가입시켰다고 하더군요." 그의 친구인 알랭 핑켈크로트의 증언이다.

쿤데라는 〈르 몽드 드 라 뮈지크〉에서 이렇게 얘기했다. "아들이 대통을 이을 것으로 전제하는 의사 집안처럼, 아버지는 내가 음악가가 되리라고 생각했습니다. 18세인가 19세 때, 아버지를 배신한 거지요. 물론 인간

적으로 배신했다는 건 아닙니다. 언제나 아버지를 무척 사랑했으니까요." 그는 음표 대신 말을 택했고, 문학 쪽으로 조용히 나아간다. 인쇄된 그의 첫 번째 텍스트는 1947년으로 거슬러 올라간다. 그의 너무도 소중한 작곡 선생이었으나 1944년에 아우슈비츠에서 사망한 "파벨 하스를 기리기 위해" 쓴, "이상하리만치 병적인 하찮은 글"이다. 파벨 하스는 2000년에 브르노시市의 명예시민이 되었고, 그의 제자 쿤데라도 그 10년 후에 그렇게 되었다.

이 잡지의 목차 페이지에 파벨 하스를 기리는 그의 시가 실려 있다.

베라 쿤데라

A La Recherche de
Milan Kundera

"프랑스 사람들은 모르고 있습니다만, 사실 쿤데라는 처음에 파벨 하스의 딸과 잠시 결혼했었습니다." 프라하의 프랑스 연구소 소장 뤽 레비는 하스 가문의 운명에 관심이 많다. 체코에서 가진 나와의 첫 인터뷰 때 그는 이렇게 말했다. "이에 관해 쿤데라는 말로든 글로든 한 번도 언급한 적이 없죠." 올가 하스는 마치 단서 추적 게임 같은 소설에 나오는 도둑맞은 편지처럼, 공인된 소설에서 말끔히 지워져 버린 것 같다.

올해 83세인 올가 하스는 지금도 여전히 브르노에 살고 있다. 그녀는 올가 하소바-스미르체코바(체코어에서 '-오바'는 성의 여성형 접미사다)로 불리지만, 어떤 문서, 예컨대 그녀가 회원으로 있는 브르노 뮤지컬 협회 같은 문서에는 올가 하소바-쿤데로바[2]로 기록되어 있다. 한 지역 신문이 무대 의상을 차려입은 어린 나이의 그

올가 하스.

녀 사진 여러 장을 게재했다. 어느 즉석사진에서는 검은 터틀넥 스웨터 차림에 단발머리를 한 젊은 현대 여성의 모습을 한 그녀를 볼 수 있다. 또 다른 사진은 귀걸이와 팔찌를 차고 진 재킷을 걸친 훨씬 더 성숙한 그녀의 모습을 보여준다.

올가 하스는 보기 드물게 기품 있는 사람이다. 그녀는 작가와의 결혼생활에 관해 얘기해달라는 요청을 한 번도 받아들인 적이 없다. 2020년, 쿤데라의 삶을 추적한 냉혹한 전기 작가 얀 노바크가 그녀에게서 뭔가 비

---

2) Kunderová. 체코어로 쿤데라 부인을 지칭함.(─옮긴이)

밀스러운 이야기를 캐낼 수 있지 않을까 싶어 흰장미 한 아름을 보내고, 그 후 꽃다발을 두 차례나 더 보냈지만 헛수고였다. 작가의 첫 부인은 그에게 이런 메시지를 남겼다. "괜히 힘 빼지 마세요. 밀란은 내가 우리의 과거 삶에 관해 얘기하는 걸 원치 않고, 나도 따르겠다고 약속했어요." 정말이지 왜 그런 시시콜콜한 뻔한 이야기로 작품에 흠집을 내려 한단 말인가? 밀란 쿤데라 주변 사람들은 모두 이 거장의 침묵을 존중한다. 브르노에서 작가에게 프랑스어를 가르쳐준 여자 선생님이 털어놓은 일화도 딱 하나다. '향수鄕愁'—현재로부터 우리를 떼어놓는 뭐라 형언할 수 없는 무거움을 가리키는, 슬라브적인 의미에서의 향수—를 뜻하는 '리토스트litost'라는 단어의 번역 문제를 놓고 몇 시간 동안 제자와 얼마나 고심했던가 하는 것뿐이다.

올가는 전쟁 전 체코슬로바키아에서 유명했던 배우 후고 하스의 질녀다. 체코의 한 텔레비전 다큐멘터리에는 컬한 머리에 신비로운 시선을 가진 흰 드레스 차림의 아주 어린 올가의 사진 액자를 두 손으로 든 후고 하

후고 하스(1901~1968).

스의 모습이 등장한다. 그는 사진을 가리키며 "나의 사랑하는 질녀 사진입니다"라고 말한다. 형 파벨과는 달리, 그는 1939년에 아내와 함께 프라하를 탈출하는 데 성공했고, 그 후 1963년, 자유화가 시작될 때, 체제가 마침내 프란츠 카프카를 복권해준 그해에 딱 한 번 프라하로 되돌아온다. 이때 프라하에 잠시 머무는 동안 후고 하스는 쿤데라의 거의 알려지지 않은 극 작품 〈열쇠의 주인들〉을 관람한다. 이에 대해 배우는 훗날 이렇게 털어놓는다. "나는 작품을 전혀 이해하지 못했습니다만, 어쩌면 내가 객관적이지 않아서였는지도 모르지요. 사실 작가가 내 질녀와 이혼했으니, 내가 느낀 건 분명 가족으로서 원망하는 마음뿐이었을 겁니다."

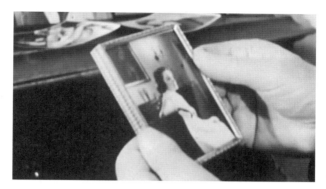
"나의 사랑하는 질녀 사진입니다."

올가는 대단한 여행가였다. 심지어 전쟁 전에 얼마간
미국에 머문 적도 있다. 그들의 짧은 결혼생활 동안, 쿤
데라는 그의 삶 전반에 걸쳐 어떤 역할을 하게 되는 여
러 인물과 멀리서 교차한다. 브르노의 젊은 여배우 올가
의 어머니는 러시아 출신 의사로, 사실 유명한 언어학자
인 로만 야콥슨의 첫 부인이었다. 모스크바에서 러시아
아방가르드를 자주 접했던 야콥슨은 파리에서 소설가
엘자 트리올레와 그녀의 동반자 루이 아라공과 친분을
맺는다. 그리고 루이 아라공은 1948년부터 정기적으로

체코슬로바키아에 체류한다. 젊은 쿤데라를 아라공에게 소개해준 이가 야콥슨일까? 베라는 아니라고 단언한다. 어쨌든 이 프랑스 공산주의자 작가는 쿤데라의 문학 행보를 지켜보며, 프라하에서 상연된 그의 한 작품의 공연을 보러 가기도 한다.

1950년대 초, 밀란 쿤데라는 지방을 떠나 수도로 간다. "브르노가 너무 작아진 거죠." 미로슬라프 스미드마예르 감독은 그렇게 요약한다. 1953년부터 쿤데라는 프라하의 유명 영화학교 FAMU에서 '세계문학사'를 강의하고, 뒤이어 '소설의 이론'에 대해 강의한다. 또한 시나리오에 관한 세미나도 이끈다. 그는 우리가 아는 그의 유일한 'CV(이력서)'에, "체코 영화의 누벨 바그를 이끈 거의 모든 주요 인물들이 나의 제자들이었다"라고 적고 있다. 그 이력서는 그가 프랑스에 도착하기 전에 프랑스 당국에 제출한 것으로, 당시 그의 파리 친구 중 한 분이 내게 넘겨준 것이다. '체코의 고다르'라고 불리는 이리 멘젤, 그리고 또 다른 망명객인 미래의 미국 영화감독

밀로시 포르만 역시 당시의 그 제자 그룹에 포함된다. "포르만이 자신의 영화를 만들게 된 것은 《위험한 관계》에 대한 쿤데라의 강의 덕분입니다." 스미드마예르 감독은 그렇게 말한다.

거의 같은 시기, 모라비아-실레지아에 있는 브룬탈 역 레스토랑에서, 16세인 갈색 피부의 활기찬 아가씨가 손님들에게 음식을 나르고 가끔은 맥주 통을 뚫어 맥주를 뽑느라 완전히 진이 빠진다. 아직 '개혁파' 공산주의자들이 권력을 장악하지 못했을 때다. 프라하 쿠데타 이후, 이혼녀였던 그녀의 어머니는 새 남편과 함께 수도를 빠져나왔다. 베라 흐라반코바도 그들을 따라 브룬탈로 왔다. 그녀는 12세 때부터 아버지와 같이 살고 있었는데, 아버지가 체포되어 재판도 한 번 받지 못한 채 감방에서 썩고 있기 때문이다. "엄마가 떠난 후, 돈이 바닥난 아빠는 어느 집 단칸방에 세를 들었어요. 프랑스 여자가 우리에게 세주었죠. 어느 날, 아버지가 친구 한 분과 이민에 대해 의논하는 걸 그녀가 엿듣고 밀고한 거예요. 변호사인 의붓아버지 덕택에 나는 재교육 기관에 들어가는 건 면할 수 있었죠." 그래서 그녀는 '사회주의 청년대' 같은 공산당 청년 기구에 가입하는 것을 거부한다. 그녀는 당시 상황을 〈호스트〉와의 인터뷰에서 이렇게 떠올린다. "학교 게시판에 '베라 흐라반코바, 왜 선각자들의 대열에 합류하지 않는가?'라는 벽보들이 나붙었죠. 그래도 난 가입하지 않았어요."

레스토랑에서 서빙하는 일은 그녀에게 '지옥' 같았다. "달아나야 한다고 생각했죠. 생각 속으로 도망쳤어요." 그래서 그녀는 브룬탈 극장에서 배우로 활동하고—"거기에는 아직도 내 초상화가 걸려 있어요"—, 시를 이야기하고, 권력이 아니라 사랑을 이야기한다. "안 그러면 미쳐버릴 것 같았으니까요." 오늘날까지도 그녀는 고리키의 장시 〈소녀와 죽음〉을 외우고 있다.

들판을 가로질러, 황제가 전장에서 돌아오고 있었다.
울분에 상한, 쓰라린 마음으로, 돌아오고 있었다.
딱총나무 가지들 너머에서, 그의 귀에 들려오는 저

소리….

한 소녀가 웃고 있었다. 웃고 있었다.

황제가 붉은 눈썹을 무섭게 찡그리더니

말에 박차를 가한다. 말을 휘몰아,

질풍처럼 소녀에게 들이닥쳐,

갑옷을 쩔렁거리며 외친다.

그가 야수처럼 울부짖는다. "이 못된 것,

무엇 때문에 그리 이를 드러내고 웃는 것이냐?

나는 적에게 승리를 빼앗겼다.

나의 군대가 패했다.

나의 장수들 절반이 사로잡혔다.   `

나는 지금 돌아가는 중이다. 가서 새로운 군대를 일
으킬 것이다.

나는 너의 황제다. 나는 모멸감으로 괴로워하는데,

너는 나를 비웃는구나! 그 멍청한 웃음으로!"

앞가슴의 옷매무새를 바로잡으며,

소녀가 황제에게 대답한다.

"저리 가세요, 아저씨, 나는 지금 사랑하는 사람과

얘기하고 있어요,
그냥 가시는 게 좋을 거예요."

그 당시에도 이미 그녀는 세상의 소란보다는 위대한 사랑의 오만을 더 좋아한다.

베라는 시 낭송 경연에 참여하여, 고리키 덕분에 지역 1차 선발에 합격한다. 경연을 참관한 프라하 공영 라디오 방송 직원이 그녀에게 라디오 시 낭송 경연에 나가볼 것을 권한다. 그녀가 시골을 벗어나려면 통행허가증이 필요했다. 그녀는 이것을 얻지 못할까 봐 가슴 줄였지만 결국 수도 프라하로 가서 많은 체코 사람들이 애청하는 〈일요일의 시정〉이라는 프로그램에서 로베르 데스노스의 시를 낭송한다.

당시 중부 유럽에서 시는 단순히 하나의 전문 분야에 그치는 정도가 아니었다. "시는 마음과 삶의 일부였다"라고 슈테판 츠바이크는 말한다. 쿤데라 역시 12년에 걸쳐 여러 권의 시집을 내고 아폴리네르의 시집 《알코올》을 번역하기도 한다. "쿤데라가 자신의 영감의 핵심—

특히 남녀 관계―으로 진화하기 이전에 쓴 초기 시들은 향토색이 짙고 투사적입니다." 그의 모든 작품을 읽은, 쿤데라의 '문학적' 전기를 쓴 도미니크 브리에르는 그렇게 말한다. 스탈린을 찬양하는 시도 있고, 모라비아 제 강소들의 위대함을 노래하는 시도 있다.

60년대에 들어서면서 쿤데라는 결국 소설을 선택한다. 그것은 단순히 예술적이거나 직업적인 선택이 아니라, "《삶은 다른 곳에》를 착상하는 계기가 되는, 그의 삶과 작품의 결정적인 전환점이기도 하다"라고 크리스티앙 살몽은 강조한다. 이 소설의 주인공 야로밀은 젊은 시절의 쿤데라처럼 시를 쓰는, 저자를 몹시 닮은 청년 시인이다. 야로밀은 프라하 쿠데타에 대한 광적인 열광에 사로잡혀 살다가 경찰의 정보원이 되는데, 나중에 보게 되겠지만, 이 세부 사실은 중요하다.

쿤데라의 환상 없는 명철한 문체는 1963년에 발표된 《우스운 사랑들》의 단편들에서 이미 확고해져, 문단의 권위 있는 대부들에게 그의 문학의 출현을 알린다. 사르트르와 아라공이 그를 주목한다. 이 단편집의 단편 하나

가 프랑스어로 번역되어 사르트르가 주관하던 문예지
〈현대〉에 게재되고, 또 다른 단편 하나는 〈프랑스 문예〉
에 실린다.

이즈음까지만 해도 쿤데라는 프라하에서 당과 가깝
게 지내던 지식인이었다. 이는 그의 독자들이 대개 잘
모르는 사실이며, 그도 이 사실을 화제로 삼는 걸 좋아
하지 않는다.

1967년 6월, 온통 붉은 깃발이 내걸린 비노흐라디 궁
의 대강당에서, 쿤데라는 제4차 체코슬로바키아 작가
회의를 제막한다. 그의 연설 제목은 "문학에 본래의 지
위와 존엄성을 되돌려주어야 한다"였다. 이날 그는 체코
문화 죽이기를 고발하면서 돌파구를 연다. 뒤이은 발언
자들은 공산주의 체제를 위해 자신들이 어떻게 헌신했
는지를 회상하는 대신, '검열'의 억압을 상기시킨다. 공
산주의 권력이 처음으로 전율한다.

그리하여 여러 명의 작가가 당에서 추방된다. 쿤데라

1967년 6월, 프라하에서 개최된 제4차 체코슬로바키아 작가 회의 때의 밀란 쿤데라.

는 가벼운 징계만 받고 궁지를 모면한다.

그 며칠 후, 그는 자신보다 여섯 살 아래인 텔레비전 아나운서와 비밀리에 결혼한다. 그녀는 바로 브룬탈 역 레스토랑에서 일하던 베라다. 공영방송의 눈에 띈 그녀는 프라하와 브르노를 오가며, 현장에서 아나운서의 업무를 배웠다. 그들의 결혼 날짜에 대해, 베라는 맹세코 기억나지 않는다고 말한다. "190년 전의 일이잖아요." 그녀는 내게 그런 문자를 보냈고, 또 그 몇 달 뒤에는 전화로 이렇게 말한다. "그 결혼은 전혀 중요하지 않아요. 덕택에 그냥 한방에서 같이 잠을 잘 수 있게 되었을 뿐이죠."

하지만 3년 전 브르노에서 〈호스트〉와 인터뷰를 할 때는 둘의 만남에 관한 이야기를 한 바 있다. 라디오 방송국의 야간 업무 때문에 아파트를 막 나선 베라는 레닌가(지금의 코우니코바 가)에서 어느 시인과 마주친다. 그녀가 얼마 전에 라디오 방송에서 암송한 적 있는 시의 작가였다. 그 시인은 한 남자와 함께 산책 중이었고, 그가

"밀란 쿤데라 씨"라며 그 남자를 그녀에게 소개했다. 그 후 작가와 젊은 저널리스트는 다시 만난다. 첫 만남 때 작가가 그녀에게 묻는다. "흐라반코바 양, 타자도 치시나요?" 그리고 두 시간의 받아쓰기 후, 그가 말한다. "다시 연락드리지요." 이보다 더 '쿤데라적'일 수 있을까?

"시는 곧 나의 사랑이었어요. 어느 면에서는 시 덕분에 밀란을 알게 된 거죠." 3년 뒤 그들은 프라하로 이사한다. 소설가의 아내는 32세로, 그 사이에 체코 텔레비전의 스타가 되었다. "체코의 크리스틴 오크랑이었지." 언젠가 쿤데라는 파리에 사는 친구 슬라마에게 그렇게 말했다. "안 싱클레어라고 했어야죠!"라고 베라가 자기 생각을 내게 말한다. 그녀는 유쾌한 남자친구 패거리를 끌고 다니며 일했는데, 그 시절이 떠오르는 듯 약간은 향수에 젖어 자랑스러운 어조로 그들을 "나의 패거리"라고 부른다. 거리에서는 행인들이 그녀에게 미소를 보내고, 모든 사람이 그녀의 반짝이는 눈동자와 진 세버그 스타일의 머리를 알아본다.

체코 텔레비전의 스타, 베라 쿤데라.

당시 그녀는 쿤데라보다 더 많이 알려진 사람이었지만, 밀란과 베라에 대한 감시는 하루가 다르게 점점 더 심해진다. 쿤데라는 2년 전에 《농담》을 완성해둔 상태였다. 이 소설은 검열 사무국에 '관찰' 대상으로 올라 있고, 그로서는 출간을 낙관하기가 어렵다. 출간되더라도 번역본으로만 살아남을 것이다.

앞에서 말한 '작가 회의' 후 당에서 축출된 그의 체코인 친구 중 한 명인 안토닌 야로슬라프 리엠이 그동안 파리에서, 당시 프랑스 공산당 중앙 위원이던 루이 아라공에게 그 소설 원고를 넘겼다. "아라공은 쿤데라를 자신보다 서른두 살 어린 동생처럼 생각했습니다. 그는 갈리마르 출판사의 친구들에게 깊이 관여해서 그 책이 프랑스어로 출간될 수 있게 하려고 애썼죠. 소설을 읽어보기도 전에, 서문을 써주겠다고 약속하면서 말입니다." 아라공 연구자인 로렌 대학의 문학 명예교수 레날 라앙크의 얘기다.

한데 놀랍게도 이 소설 원고는 결국 1967년 4월에 아무런 수정 없이 체코슬로바키아에서 출간된다. 그뿐만 아니라, 이듬해에는 당의 검열이 공식적으로 폐지되고, 프라하의 봄이 최고조에 이르러, 쿤데라는 당으로부터 '체코 작가 연맹' 상까지 수상한다. 《농담》은 체코에서 12만여 부가 팔렸고, 파리에서는 갈리마르 출판사가 1968년 가을 출간 예정으로 번역본을 준비한다. 하지만 1968년 8월 20일에서 21일이 되는 밤사이, 소련군 전차들이 수도 프라하로 들어온다.

베라 쿤데라는 당시의 일을 내게 이렇게 전한다. "군수송차들이 가득 들어선 바르톨로메이스카 거리를 걸었던 기억이 납니다. 하늘에는 비행기들이 날아다녔죠. 텔레비전 방송국에서 나를 스튜디오로 데려가려고 새벽 5시에 우리 집으로 찾아왔어요." 체코 노인들은 지금도 생생하게 기억하고 있다. 바르샤바 조약기구 군대의 침공 소식을 시청자들에게 전한 사람은 바로 그녀다.

마치 여러 우연과 우연한 일치에 줄거리가 뒤집히곤 하는 그녀 남편의 소설 속에서 같은 일들이 벌어진다.

파리에서, 트랜지스터에 귀를 대고 있던 아라공은 마

지막 순간에 《농담》의 서문을 수정한다. 찬사는 한결같지만, 체코에서 벌어진 사건에 맞춰서 소련 전차의 개입에 유감을 표명하기 위해서다. 그리고 쿤데라에게는 오늘날 사람들이 말하는 소위 '판촉' 행사를 위해 프랑스로 가도 좋다는 허락이 떨어졌다. 뉴스 기사는 당연히 소설 판매에 도움이 된다. "스탈린 시대 체코슬로바키아에 대한 증언", 그것이 프랑스 언론에서 내건 타이틀이다. 거대한 오해가 그렇게 시작된다. 쿤데라는 작가로서 인정받고자 하나, 언론은 그를 참여 지식인으로 예찬한다. "그러니까 전 세계 사람들에게 나는 전차 위에 올라탄 병사였던 거죠." 훗날 그는 이탈리아 일간지 〈라 레푸블리카〉와의 인터뷰에서 농담처럼 그렇게 말한다.

파리로 건너간 그는 공영방송 〈프랑스 퀼튀르〉에 출연하여 사람들이 그에게 할당해준 그런 역할과는 다른 역할을 맡는다. "내가 아는 작가 중에 이민을 원하는 작가는 없습니다. 나는 인간의 얼굴을 한 사회주의가 망한 게 아니라고 확신합니다. 우리는 우리나라에 남아서 일해야 한다고 생각합니다. 우리가 겪는 곤경을 너무 멜로드라마로 만들어서는 안 됩니다." 오늘날 듣기에는 꼭 선전문처럼 울리는 이 희귀 자료에서, 쿤데라는 그렇게 털어놓는다. 그는 다른 반체제 작가 바츨라프 하벨을 탓한다. "1968년 12월의 한 기사에서 쿤데라는 '공산주의 이념을 한 번도 받아들인 적 없는 사람의 논법을 구사'한다며 이 미래의 체코 대통령을 비난하죠"라고 레날 라앙크가 상기시켜 준다.

오늘날에도 베라 쿤데라는 1963년에서 1968년까지의 그 시기를 옹호한다. "그건 다른 공산주의였어요. 한 예로 밀로시 포르만 같은 사람은 그 시기 동안 활짝 피어날 수 있었죠." 하지만 그들은 더는 '개량주의적' 비판을 할 수 없게 된다. 쿤데라는 "정상화"[3]에 지적으로 반대하는 주동자 중 한 명으로 찍힌다. 베라는 1969년에 텔레비전 방송국에서 해고된다. "저의 한 손에는 이 나라

---

3) 체코 사회가 '인간의 얼굴을 한 사회주의' 운동 때 이탈했던 그 '공산주의 규범'으로 복귀하는 것을 가리키는 말로, 프라하의 봄(1968)부터 벨벳 혁명(1989) 사이의 시기가 이에 해당한다.(─옮긴이)

텔레비전의 권위 있는 상을 상징하는 악어가 들려있었고, 다른 손에는 해고 통지서가 들려있었던 거죠"라고 그녀가 〈호스트〉와의 인터뷰에서 재미있다는 듯이 말한다.

한데 묘하게도 그녀는 쓰라림보다는 안도감을 느낀다. "그간 텔레비전에서 해오던 자기 홍보에 혐오감이 들었거든요. 그런 걸 밀란보다는 더 잘 참아내긴 했지만, 소련 침공 이후 그들이 날 해고했을 때, 그래서 내가 다시는 되돌아올 일이 없다는 걸 깨달았을 때, 앞으로는 모르는 사람들이 나를 바라볼 일도, 내 얼굴을 품평할 일도, 나의 치마나 머리 모양에 대해 충고해댈 일도 없겠다는 생각이 들어 마음이 편해졌죠."

어디에서도 그녀의 초상화를 찾아볼 수 없다며 내가 놀라자 그녀가 대답한다. "내 사진은 없어요. 원칙상, 나는 늘 도망쳐버려요!" 그녀가 보내는 문자메시지는 매번 희극성을 폭발시키며 그녀와 세계와 나 등, 모든 것을 의문에 부쳐버린다.

그녀가 해고된 지 일 년 후, 그녀의 남편도 당에서 쫓겨난다. 그리고 프라하 영화학교의 학장 '세라무가'라는 사람 명의의 편지도 한 통 받는다. 나는 어느 프랑스 중개인이 문서 보관함에 잘 간수하고 있던 그 편지의 서툰 번역본을 파리에서 읽어볼 수 있었다. "친애하는 동지, 아시다시피 귀하도 참석했던 1971년 5월 26일의 회의 때, 대학 심의회는 '영화와 텔레비전 학과'에 귀하를 재임용할 것인지 검토했습니다. 귀하가 1968년과 1969년에 한 활동을 종합 평가해본 결과, 심의회는 귀하의 고용 계약을 1971년 9월 30일부로 해지할 필요가 있다고 판단했습니다. 따라서 우리는 귀하께 상호 합의에 입각한 고용계약 해지를 제안하는 바이며 귀하의 즉각적인 답변을 기다립니다."

러시아 점령기 때 공산주의자들은 "우리와 함께 걷지 않는 자는 우리의 적"이라고 말했다. 쿤데라의 책들은 도서관과 서점에서 뽑혀 나갔다. "나는 더는 존재하지 않는 사람이었죠." 그는 저널리스트인 프랑수아 누리시에 앞에서 자기 생각을 그렇게 요약한다.

그의 아버지도 공산주의 체제에 의해 불안에 시달린

다. 아들 때문에 1968년부터 블랙리스트에 오른다. 루드비크 쿤데라가 준비한 야나체크의 〈콘체르티노〉 첫 녹음 '원본'이 파기된다. 쿤데라가 그토록 사랑했던 아버지는 10여 년간 실어증에 시달리다가, 베토벤 소나타에 관해 쓰고자 했던 책을 완성하지 못한 채 1971년 5월에 사망한다.

공포 분위기가 얼마나 대단했던지, 당시 밀란 쿤데라가 받은 조문 편지는 단 두 통뿐이다. "그중 한 통이 바로 내가 좋아하는 시인 얀 스카셀의 편지였죠"라고 베라가 내게 알려준다. 장례식날에는 악사 네 명이 야나체크의 두 번째 현악 4중주를 연주한다. 사람 목소리로 하는 추도사는 전혀 울리지 않는다. 쿤데라는 30년 후에 펴낸 《만남》이라는 책에서, "그 어두운 점령기에 나는 연설이 일절 금지된 처지였다"라고 털어놓는다.

은밀한 그림자들이 화장장 주변을 떠돈다. 회색 옷을 입은 비밀경찰들이 장례식을 지켜본다. 그들은 벌써 2년째 이 커플을 감시하고 있다.

"엘리트 I",
혹은
삶은 다른 곳에

A La Recherche de
Milan Kundera

1974년 6월 1일. 작가 밀란 쿤데라, 일명 '엘리트 I'이, "모자를 쓰지 않고, 검은 구두에 어두운 옷차림으로 집을 나섬. 부인을 동반함. 자택 앞에서 잠시 기다림. 10시 5분, 차량 번호 ABJ 6797 자동차가 '엘리트 I'의 집 앞에서 멈춤. 그와 아내가 차에 탑승하자, 차가 역이 있는 리체나 가 방향으로 출발함."

1973년 12월 17일, "엘리트 II(베라 쿤데라를 가리키는 코드명)가 여배우 VF와 함께 사는 배우 ZK를 만나러 민속 박물관 카페를 방문함. 미리 약속된 만남임. 그들이 차례로 약속 장소에 도착함. 30분가량 대화를 나눈 뒤, 쿤데로바가 카페 종업원에게 A4용지를 달라고 해서 거기에 뭔가를 적는 것을 우리 정보원이 보았음. 텍스트는 'OS'와 그의 전화번호를 언급함. 베라 쿤데라가 그 종이를 ZK에게 주었음. 또 우리 정보원은 쿤데로바가 카페 종업원과 '복서들의 짝짓기'에 관해 얘기하는 것을 보았음. 그녀는 자기가 기르는 복서 수컷 순종인 혼자Honza가 카페 종업원의 암컷 개를 수정시킬 수 있을지 확신하지 못함."

마치 영화 〈타인의 삶〉에서 벌어지는 일들 같다. 플로리안 폰 도너스마르크 감독이 이 영화를 통해 보여주는 것은 옛 동독 비밀경찰의 수법과 예술가 및 반체제 인사들에 대한 그들의 추격이지만, 이곳은 프라하이고, 지금 여기서 감시당하는 것은 머지않아 세상에서 가장 유명한 소설가가 될 작가의 삶이다.

내가 이 문서들을 발굴하던 때인 2019년 말까지도, 쿤데라는 이런 문서가 있다는 얘기를 한 번도 들어보지 못했다. 더구나 밀란과 베라 쿤데라는 그 문서들을 아직 읽어보지도 못했다. 두 사람의 삶 전부가 그런 식으로 종이에 기록되고, 타자되고, 분류되어 있었다. 2천 374쪽이 넘는 종이 문서에 '기밀' 혹은 '일급 기밀'이라는 검인이 찍혀 있었다. 쿤데라는 《웃음과 망각의 책》에서, "우리의 유일한 불멸은 비밀경찰의 문서 자료 속에 있다"라

쿤데라의 옛 주소지인 바르톨로메이스카 가 1번지 건물의 2019년 모습. 이 거리 7번지에 비밀 경찰국 본부가 있었다.

고 적었다. 베라가 짧은 문자메시지를 보낸다. "재밌군
요. 우리 개는 여성이었고 이름이 본자Bonza였는데 말이
죠. 비밀경찰까지도 그렇게 난잡했군요!!"

위 보고서들은 체코슬로바키아 비밀 경찰국인 StB[4]
가 쿤데라에 관해 수집한 자료들의 일부다. 프라하에서
는 이 자료들이 전체주의 체제 연구를 위해 설립된 연
구소에 보존되어 있다. 2008년부터 이 연구소는 공산
주의 체제 때부터 물려받은 내무성의 모든 문서 자료를
모으고 있다. 그것은 풀어 헤쳐진 전체주의의 짐이요,
전체화된 광기에 대한 서증書證이다.

도청, 부부 아파트에서의 대화 녹취, 미행, 촬영, 우편
물 절취와 개봉 등, 1969년에서부터 1979년까지의 10년
동안 쿤데라 부부는 다른 많은 이들과 마찬가지로 감시
대상이 되었다. 체코 일간지 〈리도베 노비니〉를 위해 일
하며 20년 넘도록 그런 문서들을 파고 있는 역사가 페

---

4) 체코어로 '국가 안전'을 뜻하는 Státní Bezpečnost의 약어. 1945년에 창설된 국
가 기관으로, 체코슬로바키아 공산주의 체제의 안전을 위해 정보를 수집하여
소련의 KGB에 넘겨주는 것이 주된 활동이었다.(―옮긴이)

트르 지데크는 이 일간지 사옥 문 앞에서 만난 나에게, 그 부부가 2단계로 이루어진 계획의 희생자들이었다고 털어놓는다. "먼저 그들에게 조국을 떠나도록 강요하죠. 그런 다음에는 그들이 외국에서 되돌아오지 못하도록 막습니다."

겨울에는 외투 속에 사진기를 감추고, 여름에는 가짜 불가리아 관광객으로 위장한 비밀경찰들은 도보로 또는 커다란 볼가 자동차를 몰고 다니며 이 부부를 미행하고 촬영하고 추적했을 뿐만 아니라, 그들의 사생활에 관한 험담까지 늘어놓았다. 캄파 공원을 산책하면서 주고받은 건강에 관한 걱정이라든가, 밀란 쿤데라가 수도에서 60킬로미터 떨어진 콜린의 한 여자 점쟁이와의 회합에서 털어놓은 문학이나 정치에 관한 생각들까지, 모든 것이 기록되어 있었다. 이 비밀경찰들의 보고서는 그후 그 여자 점쟁이가 요원들 앞에서 아무런 망설임 없이 사실을 고백했다고 증언하고 있다.

히베른스카 가의 호텔 방에서, 나는 컴퓨터 마우스를 굴려본다. 그 보고서들은 레밍턴 타자기로 타자되

어 있어 아주 선명하게 읽힌다. 'Přisně tajné'(일급 비밀),
'osoni'(사적인)…. 먼 과거의 기록임에도 불구하고, 머리
가 어지럽다. 마치 내가 남의 정사 장면을 훔쳐보는 변
태가 되어버린 양 거북한 느낌이 든다. 체코어를 모르지
만, 통역사의 설명을 듣기도 전에 이미 나는 그 마이크
로필름들에 등장하는 많은 이름이 밀고자나 아니면 끄
나풀과 무심코 차를 함께 마신 수다쟁이들의 이름임을
짐작한다.

회색 옷을 입은 사람들이 쏟는 에너지가 우리의 마음
을 사로잡는다. 순종 개가 언급된 위 만남 이후, 경찰 대
리관은 이렇게 말을 맺는다. "SK에게 확인해볼 것. OS가
누군지 알아낼 것. II/A 국의 P 동지에게 이 사실을 알
릴 것." 그리고 "두 장으로 복사하여, 하나는 엘리트의
신상 관련 자료에, 다른 하나는 업무 관련 자료에 포함
할 것." 참으로 거대한 관료체제 아닌가.

내가 가장 두려웠던 건 무엇일까? 그것은 그 무수한
밀고자들의 증언이다. 그들은 대개 비밀 경찰국이 직장
이나 가족을 볼모로 가한 압력 때문에 협력하게 된 부

부의 친구나 지인들이다. 예컨대 어떤 이는 쿤데라가 1973년에 프랑스에서 메디치 상을 받은 데 대해 살핀다 ("그가 상을 받았나?" "너도 만족해?"). 공산주의 체제의 파인 더 속에 놓인 많은 지식인이 그렇게 당했듯이, 그들의 대화는 카페나 맥줏집에서 음료를 들이켜는 순간부터 글로 적힌다. 때로는 두세 페이지에 걸쳐, "그는 이렇게 말했다…. 나는 이렇게 대답했다…."

비밀 경찰국이 전격적으로 쿤데라를 요주의 감시 대상으로 보기 시작한 것은 프라하의 봄 이후부터다. 그전까지만 해도 이 영화학교 강사는 당의 신임을 받고 있었다고 역사학자 페트르 지데크는 말한다. 그는 파리에도 갈 수 있었다. 물론 귀국 후, "때로는 협박을 받고 보고서를 작성"해야 하기는 했지만 말이다. 비밀 경찰국은 그가 1967년의 검열 관련 논란의 흐름에 "큰 영향"을 주었고, "당과 정부의 문화 관련 조치들에 이의를 제기"했다고 그를 비난한다.

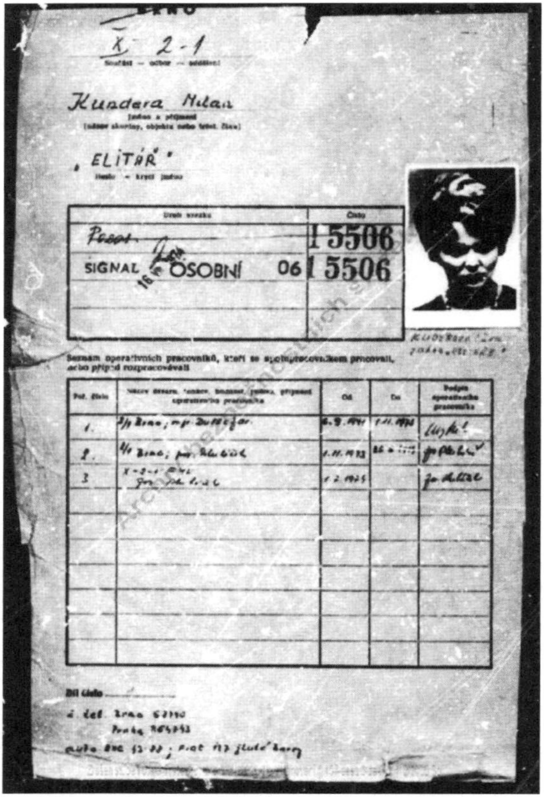

X-2-1

Kundera Milan

„ELITÁŘ"

	Číslo
SIGNAL OSOBNÍ 06	15506

Seznam operativních pracovníků, kteří se spolupracovníkem pracovali, nebo případ rozpracovávali

체코슬로바키아 비밀 경찰국이 밀란 쿤데라에 대해 개설한 신상 파일 '엘리타르'.

1968년 1월 9일에 '바스니크'라는 신상 파일이 개설된다. 비밀 경찰국이 1959년 12월에 이미 쿤데라에게 할당했던 코드명이다. 지데크는 이렇게 지적한다. "당시에는 이상한 기미가 조금만 있어도 경찰의 관심 대상이 되었죠. 쿤데라의 경우는 유고슬라비아 사람들을 만난다거나, 스위스에서 걸려오는 전화 한 통으로도 충분했습니다…." 이 신상 파일은 1962년 5월에 처음으로 파기된다. 특기할 만한 게 전혀 없어서였다. 체코어로 '시인'을 뜻하는 이 '바스니크'라는 이름이 나의 주의를 끈다. 회색 옷을 입은 사람들의 본의 아닌 유머 같아서다. 그것은 훗날 쿤데라의 소설 《삶은 다른 곳에》(1973)의 주인공인 야로밀의 별명이 되고, 또한 영화 〈타인의 삶〉에서는 스타지(동독 비밀경찰)의 희생자 중 한 명의 이름이 되기도 한다. 경찰은 시를 좋아하지 않는다.

쿤데라가 영화학교에서 해고되고 당에서 축출된 후, '정보국'은 그를 '2등급 적'으로 본다. '엘리타르', 프랑스어로는 '엘리티스트'라는 작전이 개시되는 것은 1971년 9월, 그러니까 소설가가 42세 되던 해다. 비밀경찰 StB는 그런 코드명을 붙인 이유에 대해, "엘리트주의 사상이 그의 머릿속에 깊이 뿌리박혀 있다"라는 말로 설명한다. 그 몇 달 후에는 그의 부인 명의의 새로운 신상 파일이 개설된다. 베라 쿤데라에게는 '엘리타르 II'라는 코드명이 등재된다. 회색 옷을 입은 사람들에게 그녀라는 존재는 단지 하나의 번호요, 남편 대역에 불과하다. "모욕적이에요. 나도 #미투 대열에 동참해야겠어요!!!" 내가 그런 사실을 알려주었을 때 그녀가 내게 보내온 답신이다.

그들의 삶은 금방 지옥으로 변한다. 투명성의 독재라는 지옥이다. 그들은 끊임없이 온갖 꾀를 짜내야만 한다. 예를 하나 들어볼까? 소련 침공 이후 프라하를 떠나 1971년에 캐나다에서 '식스티-에잇 퍼블리셔'라는 출판사를 차린 소설가 요제프 슈크보레츠키는 자신이 귀화한 나라에서 쿤데라의 작품을 체코어로 출간할 생각을 한다. 그러자면 작가의 동의가 필요한데, 은밀히 진행해야 한다. 그런 제안을 어떻게 전달해야 할까? 1973년 12월, 신문기자인 앙베르 부소글루라는 사람과의 접촉이 이루어진다. 지금은 고인이 되었지만, 당시 체코에서 망명하여 〈르 몽드〉 국제부 소속으로 동유럽과 소련을 담당했던 이 여기자가 그와 쿤데라 부부 사이에서 중개인 역할을 한다. 부부가 이 계획에 반대한다면, 슈크보레츠키에게 별것 아닌 짧은 편지 하나만 보내면 될 것이다. 작가가 동의할 경우, "전보나 우편 엽서"로, "늦었지만 생일을 축하하며"라는 말과 함께 '베라'라는 서명만 하면 토론토의 그 출판사 대표는 이를 동의의 뜻으로 알아들을 것이다.

한 가지 의문이 국가보안부를 사로잡고 있다. 이 부부가 이민할 생각을 하고 있을까? 이 의문을 말끔히 해소하기 위해서 그들은 서방 '접촉자들'과 쿤데라 부부의 관계를 엄밀히 검토한다. 이미 1969년에 요원들은 코드명 '엘리타르 I'인 밀란이 "외국과 흥미로운 인간관계"가 있다고 특기했다. 특히 러시아 태생 미국인인 '언어학자 로만 야콥슨'과의 관계에 주목했는데, 비밀 경찰국은 야콥슨을 그의 '삼촌'으로 잘못 파악했다—앞에서 보았듯이, 사실 이 언어학자는 그의 첫 부인인 올가의 어머니의 전남편이었다. 그래서 비밀 경찰국은 이 소설가와 친한 작가들에게 관심을 기울였는데, 그러다 보니 그들이 문서로 기록한 마이크로필름들에서, 문학사의 한 중요 부분 전체가 문득 내 눈앞에 모습을 드러낸다.

광기 어린 전체주의 문서 기록 관행에서 줄줄이 딸려 나오는 소중한 보물을 발견하는 듯한 묘한 느낌이다. 나의 컴퓨터 화면 왼쪽, 잘 만들어진 칸들 속에서, 유명인들과 작가들의 이름이 줄줄이 튀어나온다. 그들의 삶 역시 간접적으로 감시당했다. 그 무수한 체코인들의 이름 중에 필립 로스도 등장한다.

이 미국 소설가는 1973년에 프라하에서 쿤데라를 만났다(당시 말단 조직들은 로스를 '적'으로 보았는데, 다른 무엇보다도 그가 '국제 시오니즘'의 주장에 동조한다는 게 그 이유였다). 이어 쿤데라 부부는 코네티컷으로 그를 방문하게 된다. 《포트노이의 불평》을 쓴 소설가로 널리 알려진 그는 동구에서 작품 발표가 금지된 소설가들을 돕기 위해 '다른 유럽의 작가들(Writers from the Other Europe)'이라는 총서를 기획한다. 1975년에는 이 총서의 하나로 간행한 쿤데

Seznam osob nacházejících se ve ... svazku č.

Poř. čís.	Jméno a příjmení	Data narození	Poznámka ke straně		
1.	KUNDEROVÁ Olga, roz. HRABCOVÁ				
2.	GALLIMARD Claude				
3.	KIRSCH Francois Yves				
4.	BRAUNSCHWEIGER Jürgen				
5.	INGOLD Felix				
6.	KÜNZEL Franz Peter				
7.	NYTZE Andreas				
8.	NICHOLAS Nancy				
9.	ROTSCHILD Thomas				
10.	SCHLOCKER Georges				
11.	ŠKVORECKÝ Josef				
12.	ŽYGMUND				
13.	TUSCHNEROVÁ				

비밀 경찰국이 조사한 밀란 쿤데라의 '접촉자들'. 그의 파리 편집인 클로드 갈리마르, 그의 번역자, 그의 캐나다 편집인 등의 이름이 열거되어 있다.

라의 단편집《우스운 사랑들》의 서문도 쓴다. 이 필립 로스 외에도, 클로드 루아라든가, 〈누벨 옵세르바퇴르〉 창립자로 쿤데라를 매우 좋아했던 장 다니엘 같은 이들은 물론, 갈리마르 출판사의 '가족' 전부가 파일에 등장한다. 이 출판사의 유명 편집자 중 한 명이자 로맹 가리의 친구인 로제 그르니에, 쿤데라가 애착했던 번역가 프랑수아 이르슈(다른 이름으로는 프랑수아 케렐), 그리고 출판사 대표인 클로드 갈리마르는 두말할 나위도 없다.

클로드 갈리마르가 쿤데라를 알게 된 것은 1968년 가을,《농담》이 파리에서 출간되었을 때였다. 그 후 그는 습관처럼 프라하를 방문했다. 그의 아들 앙투안은 당시 일을 이렇게 기억한다. "네 번이나 잇달아 방문했죠. 다녀오실 때마다 제게 방문에 대해 말씀해주셨어요. 당시만 해도 동구를 방문하는 편집자는 많지 않았어요."

비밀 경찰국은 공산주의자인 루이 아라공의 책을 펴내는 클로드 갈리마르를 그리 나쁘게 보지 않았다. 그에 대해 그들은 '진보주의자', '프랑스 공산당 동조자' 등으로 기록한다. 더구나 그는 체코 여행 때마다 체코 출판

사 '딜리아'를 방문하는 외교적 수완을 발휘하기도 한
다. 하지만 그래봤자 결과는 마찬가지다. 그가 종종 그
를 숙박시켜주던 풍자화가 아돌프 호프마이스터의 집
을 방문한 것이나, 그가 머문 카페 등, 모든 것이 '엘리
타르 I'의 신상 파일에 기록되어 있다. 비밀 경찰국은 공
항에서 그를 기다리는 사람이 누구인지, 누가 그를 데리
고 가는지 알고 있으며, 비행기 시간표까지 적어두고 있
다. 하지만 놓치는 정보도 더러 있기는 하다.

　그런 일에 대해 밀란 쿤데라는 2011년 〈누벨 옵세르
바퇴르〉에 게재한 짧은 텍스트에서 얘기한 바 있다. 클
로드 갈리마르는 프라하에 머무는 기회를 이용해 쿤데
라의 원고 두 개를 비밀리에 가져가는데, 그 하나가 바
로 《이별의 왈츠》다. 당시의 일에 대해 쿤데라는 이렇게
말한다. "내게 [그 책]은 작가로서의 나의 삶에 대한 '이
별'이었다. 클로드 갈리마르는 그런 사실을 이해하고서,
그 특유의 섬세하고 아주 조심스러운 태도로, 아내와 나
에게 이민을 하도록 격려해주었다."

　갈리마르 출판사에서 일하는 원고 심사위원 한 명이

이 흰색 가제본 표지로 된 책에 콜레트 갈리마르의 친구 50명이 그녀의 팔순 생일을 기념하는 글을 썼다. 밀란 쿤데라도 그중 한 명이다.

이 '대표'의 여행 때 종종 그를 수행한다. 그녀의 이름도 '엘리타르 I'의 신상 자료에 등장하는데, 그녀는 바로 당시 프랑스 문화부 장관 자크 뒤아멜의 아내 콜레트 뒤아멜이다. 사람들 말로는 그녀가 밀란 쿤데라의 저작권료를 주머니에 두둑이 넣고 프라하로 떠났다고 한다. 훗날 쿤데라는, 그사이에 갈리마르의 부인이 된 콜레트 뒤아멜의 팔순 생일을 위해 2005년에 쓴 한 미간행 글에서, 자신의 이 프랑스 수호천사들에게 경의를 표했다. 그는 이렇게 쓴다. "내 눈에는 그들이 다른 세계에서 온 방문객들처럼 보였다. 그들이 프라하에 있다는 사실 자체가 내게는 하나의 판타지아처럼 여겨졌다."

체제에 의해 쫓겨나 좋은 일자리를 잃은 다른 많은 지식인과 마찬가지로, 쿤데라 부부는 《농담》 체코어판 덕분에 저축해둔 저작권료로 겨우 생계를 꾸린다. 각자 일거리를 찾아 나선다. 《참을 수 없는 존재의 가벼움》의 주인공 토마시는 창유리 청소부가 되고, 베라 쿤데라는 브르노시의 어느 시장에서 '접시닦이' 일이라도 해보려 하지만 뜻을 이루지 못한다. 다행히도 그녀는 수년 전 영어를 배워두어야겠다는 생각을 했고, 덕분에 집에서 영어 특별 과외를 한다. "금지된 일이었지만, 그들은 우리를 가만히 내버려 두었어요. 우리 전화를 도청하고 있었으니 몰랐을 리는 없는데 말이에요. 멍청해서 그랬는지, 아니면 일부러 우리를 귀찮게 하지 않으려고 그랬는지는 알 수 없죠." 전화로 그렇게 말하며 그녀가 웃음을 터뜨린다. 밀란은 밀란 대로, 젊은 층에 아주 인기가 많은 잡지 〈젊은 세계〉에 가명으로 별자리점 글을 쓰기

로 계약한다. 황도 12궁 각각을, 상승궁上昇宮 각각을 시
詩작품으로 그려낸다. 역시 가명으로 연극 극본도 한 편
쓴다. 〈자크와 그의 주인〉이라는 그 작품은 1989년 공
산주의 체제가 무너졌을 때도 가명으로 공연되었다. 그
작품은 국경을 넘었고 연령층도 뛰어넘었다. 1992년에,
당시 중등학교 4학년 학생이던 엠마뉘엘 마크롱이 훗날
그의 아내가 될 프랑스어 선생 앞에서, 연기 실습용으로
선택한 작품이 바로 그 극작품이다.

반드시 영리한 심리학자가 아니어도 쿤데라에게 중
요한 건 자신의 일을 계속 하는 것이라는 것쯤은 이해
할 수 있다. 비밀 경찰국의 공무원들이 그걸 모를 리 없
다. 그것이 조국을 떠날 충분한 이유가 될까? 쿤데라는
1974년부터 내무성이나 아니면 바르톨로메이스카 가
("파리의 우리 집 앞 일방통행로보다 겨우 두 배쯤 되는 아주 작
은 거리예요"라고 베라가 설명해준다)의 비밀 경찰국 지역 사
무소에 정기적으로 불려간다. 그의 의향을 탐색하기 위
한 소환이다.

"경찰은 쿤데라가 망명하고 싶어 하고 그것을 기쁘게 여길 것으로 추측합니다. 공산주의 체제는 그를 치워버리고 싶어 하고 말이죠. 그래서 1974년부터 그들은 무슨 수를 쓰든지 그가 그렇게 하게 해주려고 하죠." 페트르 지데크의 설명이다. 작가는 프랑스에 친구들이 많다. 특히 출판인 친구들이 많다. 그는 틀림없이 파리로 가려고 할 것이다.

5

렌 2,
혹은
삶은 다른 곳에

하지만 비밀 경찰국은 이번에도 틀렸다.

1975년 7월 20일 일요일, 차량 번호가 ABX 5182인 푸른색―비밀경찰의 보고서에 적힌 대로 붉은색이 아니라―르노5 자동차 한 대가 뮌헨 방향으로 독일 국경을 향해 빠져나간다. 앞 좌석엔 쿤데라 부부가 앉아 있다. 그는 46세이고, 그녀는 39세이다. 뒷좌석엔 비닐 음반 50여 장, 가방들, 그리고 옷 몇 벌이 놓여 있다. 길을 나서기 전에 베라는 '레즈니체크 씨'라는 점장이 집에 들렀다. 이 점장이가 쿤데라 부인에 대해 아는 건 그녀의 별자리뿐이다. "그가 봐준 점괘를 기억하고 있어요. '작은 전갈, 당신은 보헤미아에서 죽지 않을 겁니다'라고 하더군요." 그녀가 내게 들려준 이야기다. 쿤데라는 언제나 별자리의 조응이라든가 운명을 이끄는 예언 같은 것을 좋아했다.

부부는 모든 걸 다 가져가지는 않았다. 밀란의 노트

들은 프라하에 남았다. 작가는 그 노트들을 프라하 주재 프랑스 대사관에서 문정관으로 일하던 장-실뱅 프라도에게 맡겼다. 쿤데라는 프라하의 프랑스 문화원에 넘긴 어느 짧은 글에서, 프라도는 "자신이 우리 편이며, 우리와 연대한다는 뜻으로 코시크, 프레클리크, 코호우트, 그밖에 다른 여러 배척자, 추방자, '산 주검들'과 함께" 종종 그를 저녁 식사에 초대해주던 사람이었다고 말한 바 있다. 그에게 맡긴(이 프랑스 외교관이 나중에 프랑스에 올 때 자신에게 전해달라며) 그 소중한 꾸러미 속에는 "메모 상태의 《웃음과 망각의 책》과 《참을 수 없는 존재의 가벼움》"이 들어 있었다.

쿤데라 부부는 사람들이 자신들을 기다리고 있다는 사실을 알고 있다. 클로드 갈리마르와 함께 프라하를 방문한 콜레트 뒤아멜은 떠날 때면 언제나 작가의 귀에 똑같은 말을 속삭이곤 했다. "밀란, 조만간 아마 프랑스에서 보게 될 거예요." 이제 그럴 때가 가까워졌다. 그들에게 '730일'간의 망명 허가가 떨어진 게 7월 2일이고,

여권은 12일에 나왔다. 그 1주일 후, 부부는 모라비아의 브르노시 푸르키노바 가에 있는 자택 문을 걸어 잠그고, 베를린 장벽이 무너지기 전에 사람들이 '서방'이라고 말하던 곳을 향해 차를 몰았다.

아무도 그들을 뒤쫓지 않는다. 경비원 없는 탈출이다. 베라 쿤데라는 2019년 체코 잡지 〈호스트〉와의 인터뷰에서, "체코 공산주의 행정 당국은 밀란을 떨쳐버리게 되어 몹시 흡족해했어요"라고 털어놓았다. 하지만 그들의 미래는 완전히 해체되었다. 미래는 그들을 어디로 데려갈까? 밀란은 어머니를 고국에 남겨둔다. 베라는 가슴 아프게도 부모님을 포기한다. 자신들이 키우던 개— 쿤데라의 소설에서, 사랑의 정염도 배신도 부정도 몰라늘 인간보다 행복한 존재로 등장하는 이 동물—도 다른 사람에게 맡겨야만 했다.

"나는 두 번 다시 프라하를 보지 못할 거라고 굳게 믿었어요. 늘 나는 철저한 비관주의 쪽이죠. 당시에 누가 철의 장막이 영원하지 않을 거라고 상상할 수 있었겠어요? 베를린 장벽이 13년 뒤에 무너지리라고 말이에요." 베라는 그렇게 말한다. 하지만 그녀의 남편은 그 1975년 여름만 해도 그녀 같은 마음 상태가 아니었다. 그가 보기에 망명은 단지 하나의 여담일 뿐이었다. "나는 체코슬로바키아로 돌아갈 권리가 있습니다. 그건 내게 대단히 중요합니다. 영원히 이주민으로 산다는 건 나에겐 우울한 일입니다." 밀란 쿤데라는 체코를 떠난 지 몇 달 후 독일 저널 〈유럽의 이상Europäische Ideen〉에 그렇게 설명한다.

푸른색 르노5 자동차가 바이에른주를 가로지르며 거리를 집어삼킨다. "스트라스부르, 랭스, 아미앵, 오를레앙, 트루아… 가는 길에 있는 성당들을 모조리 방문했더랬어요." 베라는 그렇게 기억한다. 이 여행은 렌에서 끝난다. 왜 렌인가? 그녀 남편의 일이 종종 그렇듯이, 그건 일련의 우연 때문이다.

쿤데라와 동갑인 91세의 프랑스 한림원 회원 도미니크 페르낭데즈가 내게 알려준 바에 의하면, 이 모든 일의 계기는 이 오디세이아가 있기 1년 전 파리에서 쿤데라를 위해 열렸던 어느 만찬 때 마련되었다.

1973년, 밀란 쿤데라의 《삶은 다른 곳에》가 메디치 외국 문학상 수상작으로 선정되었다. 1년을 미룬 뒤인 1974년 봄, 체코슬로바키아 공산당은 그에게 파리에 가서 상을 받을 수 있도록 보름간의 비자를 발급해 준다.

어느 날 오후가 끝나갈 무렵, 사람들은 이 문학상의 공동창설자인 갈라 바르비장의 집에서 수상자를 기다리고 있다. 그녀는 1935년에 소련에서 이주하여 어느 부유한 이탈리아 사업가와 결혼한 70세의 러시아인이었다. "스탈린주의자이면서 억만장자인 자유로운 여성이었죠. 쿤데라를 메디치 상 수상자로 선정하기 전에 그녀가 내게, '도미니크, 내가 내 조국의 적에게 상을 줘도 된다고 생각하세요?'라고 묻더군요." 도미니크 페르낭데즈의 설명이다.

이 후원자는 몽마르트르 언덕 위, 코르토 가에 있는 자신의 별장 같은 집에 심사위원들을 소집했다. 베라는 함께 오지 않고 체코슬로바키아에 남았다. 수상자의 긴 실루엣이 응접실에 나타나자 모두의 시선이 그를 향한다. 페르낭데즈가 설명을 이어나간다. "그때는 아무도 그를 몰랐죠. 그는 우리에게 프라하에서는 삶이 불가능하다고, 부인과 얘기를 나누려면 아파트 밖으로 나가야 한다고, 어디에나 도청장치가 숨겨져 있다고 얘기하더군요." 그날 저녁 쿤데라는 희미한 목소리로 그들에게 이렇게 속삭인다. "여러분이 사는 곳에서 일거리를 찾으면 좋겠습니다."

쿤데라가 또 다른 체코 작가 요제프 슈크보레츠키에 대해 적었듯이, 모든 일이 "마치 우리 모두 각자 자신의 망명 장소를 유년 시절부터 자기 내면에 간직하고 있었던 듯이" 진행된다. 그의 친구이자 열렬한 재즈 애호가인 슈크보레츠키는 오로지 북아메리카만 꿈꾸었으며, 현재 토론토에서 살고 있다. 어렸을 때 쿤데라는 프랑스 피아니스트 알프레드 코르토의 제자이자 프랑스 6인조(다리우스 미요, 아르튀르 오네게르, 프랑시스 풀랑크… 등)의 열렬한 예찬자였던 피아니스트 아버지를 따라 여러 차례 파리를 방문했다. 망명할 때가 되자 그때 일을 떠올린 것일까? 어쨌든 프랑스는 그의 첫 번째 선택지다.

하지만 몰래 달아나듯이 망명한다는 건 있을 수 없는 일이다. 그는 합법적으로 망명하고 싶어 한다. "반체제 인사라는 역할은 그에게 어울리지 않았어요. 그는 정치적 오해를 원치 않았죠. 그에게 중요한 건 작가로 사는 것이었어요." 도미니크 페르낭데스는 그렇게 강조한다. "쿤데라는 동-서 관계의 꼭두각시가 되기를 바라지 않았어요. 소위 소설가의 '자아 우선'이라는 것이죠." 작가 필립 솔레르스는 그렇게 한술 더 뜬다. 그는 1980년대에 쿤데라의 글들을 자신의 잡지 〈무한〉에 실어준 또 한 명의 착한 요정이다. 그 글들은 나중에 《배신당한 유언들》이라는 책으로 출간된다.

뤼시 포르 역시 그날 저녁에 모인 메디치 상 심사위원 중 한 명이다. 그녀는 불안정한 제4공화국 정부를 떠받친 주축 중 한 명인 에드가 포르의 아내다. 포르는 드골과 조르주 퐁피두 정권의 장관 출신으로, 현직 국회의장이다. 뤼시 포르(비밀 경찰국은 자신들의 신상 정보에 그녀를 '포에로바', 즉 '포르의 부인'으로 적는다)는 예술 제본가, 잡지사 대표 등으로 일하다 지금은 질투와 엇갈리는 사랑에 매료된 소설가로 활동하고 있다.《우스운 사랑들》의 모호한 등장인물들이 그녀의 궁금증을 자아낸다. 어쩌면 그녀가 쿤데라의 상황을 남편에게 얘기해서 그를 도와줄 수 있지 않을까?

1974년 5월 8일, 밀란은 클로드 갈리마르와 시몬 갈리마르가 그를 위해 마련한 식사 자리에서 포르 부부를 다시 만난다. 그가 임시 숙소로 이용하던 출판사 맨 꼭대기 층의 개인 식당에서였는데, 그 장면은 소설가 클로드 모리악이 자신의 일기《부동의 시간》에서 이야기한 바 있다. 대통령 선거 몇 주 전이어서, 프랑수아 미테랑과 지스카르 데스탱의 대결이 사람들의 주된 화제였다. 하지만 드골과 퐁피두 정부의 장관 출신인 에드가 포르는 혀 짧은 소리로 작가에 관해서만 이야기한다. 쿤데라는 말은 하지 않았지만, 파리의 만찬다운 만찬이요, 특별한 사람들의 토론이라고 생각했을 게 분명하다. 그는 모리악에게, 자신은 체코 체제를 "경계"하고 있으며, "무슨 도발을 할지" 두렵다고 얘기한다.

다행히도 도미니크 페르낭데즈가 신경을 써준다. 그는 갈라 바르비장이 파티를 열었을 때 한 가지 아이디어를 냈었다. 자신이 렌 제2대학에서 이탈리아어를 가르치고 있는데, 그 대학에 쿤데라를 위한 자리를 하나 요청해보면 어떻겠냐는 것이다. 페르낭데즈는 당시의 일을 내게 이렇게 털어놓는다. "그의 파리 체류 이후, 내가 렌 대학 위원회에 그를 부교수로 초빙하면 어떻겠냐고 제안했고 그들이 받아들였죠. 에드가 포르는 그의 체류 허가를 받아내는 일을 도와주었고요." 이 같은 보호자들 무리 덕에, 렌 대학에 이 체코 소설가의 일반 비교문학 강의가 1975년 가을 신학기부터 개설된다.

그리하여 쿤데라 부부는 7월 25일 렌에 입성한다. 그들은 브로넨스카, 즉 '브르노 가'라는 길—두 도시가 자매결연을 맺은 것은 10년 전이다—을 타고 이 도시로 들어선다. 고향 잃은 사람들의 망명 초기의 기억은 절대 완전히 지워지지 않는다. 벌써 반세기 가까이 지난 일이지만, 베라 쿤데라는 전화 통화에서 지금도 이 우연의 일치를 떠올리며 기뻐한다.

당시, 브르타뉴 지역의 이 주도는 학생들이 붐비는 오늘날의 학생 도시와는 너무나 달랐다. 전쟁 전, 렌 출신 작가 미셸 마오르가 발견했던 이 도시의 매력, 포석 깔린 거리며 18세기의 독특한 호텔들, 혹은 생-플렌 성당의 종탑 등이 지닌 그 매력을 쿤데라는 발견하지 못했던 게 분명하다. "저는 브르노가 세상에서 가장 추한 도시라고 생각했어요. 한데 또 렌이라는 도시가 있다는 걸 알게 된 거죠." 그는 새로운 동료 페르낭데즈 앞에서 농담처럼 그렇게 말한다. 브르타뉴에 당도한 날 저녁, 부부는 마음이 몹시 편치 않아 좀 더 서쪽의 대양 쪽으로 방향을 돌린다. 그러고는 생말로 해안도로를 따라 달려가, 샤토브리앙이 누워 잠든 그랑베 섬 앞에서 급브레이크를 밟는다.

렌에서 그들은 도시 서쪽에 있는 탑처럼 높은 두 아파트 중 하나인 '오리종' 맨 꼭대기 층에 입주하는데, 그들의 호실 번호 303-B가 프라하의 관료체계를 연상시킨다. 높이가 백여 미터에 달하는 이 건물은 아무런 방해 없이 도시 전체를 굽어볼 수 있는 조망점이자, 상상의 세계로 달아나는 소실선이기도 하다. "이튿날 아침, 햇살에 잠이 깼을 때, 나는 그 커다란 창문들이 동쪽으로, 프라하 쪽으로 나 있음을 깨달았다." 쿤데라는 《웃음과 망각의 책》에서 그렇게 적는다. 2천 킬로미터 떨어진 곳에서, 그는 자신의 인물들을 시선으로 좇는다. "다행히도 내 눈에 고인 눈물이 망원경 렌즈와 비슷해 나는 그들의 얼굴을 더 가깝게 볼 수 있다."

대학은 1967년에 렌의 역사적 중심지에서 빌장-말리푀 변두리 지역으로 옮겨갔다. "나는 파리에 살고 있었고, 이탈리아어 수업 때문에 월요일마다 기차를 타고 렌으로 갔어요. 그러면 밀란이 역에서 나를 기다리고 있다가 점심 식사를 위해 집으로 데려갔고, 베라가 양귀비 씨를 넣은 체코 요리를 내오곤 했죠." 내가 페르낭데즈에게서 들은 이야기를 전하자, 베라가 웃으면서 말한다. "손님들은 우리가 자기들을 중독시키려 한다고 생각하곤 했어요. 다들 개양귀비를 그저 마약 제조에나 쓰이는 식물로만 알고 있었으니까요." 아파트 내부의 벽들은 쿤데라의 데생과 도자기와 조각상 등으로 장식되었지만, 개조하기는 쉽지 않았다. "대학 소속 목수가 와서 서가를 설치해주었죠." 페르낭데즈는 그렇게 기억한다.

렌 대학에는 개방적인 전통이 있다. 예컨대 훗날 포르투갈 대통령이 된 마리오 수아레스도 1970년부터 1972년까지 이 대학에서 강의했다. 쿤데라가 하는 강의의 주제는 카프카와 그의 해석자들, 소설과 중부 유럽이다. 마티외 갈레가 꼼꼼하게 적어둔 일기에 따르면, 이미 쇠이유 출판사에서 버지니아 울프 평전을 출간한 바 있는 비비안 포레스테르가 1978년 1월 17일 밀란을 방문하기 위해 렌으로 온다. "체코어를 너무 배우고 싶었어요"라고 그녀가 쿤데라에게 말한다. "참 별난 생각을 하셨군요! 너무 어려운 언어라 나도 무척 힘들게 배웠는데 말이에요"라고 쿤데라가 농담처럼 대답한다. 그 뒷이야기를 그는 자신의 친구들에게 털어놓는다. 비비안 포레스테르는 카프카의 《소송》을 꼭 원전으로 읽고 싶다"
라며 고집을 부린 모양이었다. 사려 깊게도 작가는 그녀
에게 카프카가 작품을 독일어로 썼다는 사실을 상기시
켜 주지는 않았다.

초기의 우울한 시간이 지나자, 쿤데라 부부는 마침내
한숨을 돌린다. "해방까지는 아니어도 바캉스 같은 매력
이 느껴지더군요." 이 1970년대 후반부에 쿤데라 부부
는 지방을 통해 프랑스라는 나라를 배운다. 베라는 매
일같이 외출하여 상인들이며 관리인들, 술집 주인 등과
'수다'를 떤다. 그녀에게는 모든 것이 이국적이다. 그녀
가 '레포르(고추냉이)'를 달라고 하면, 상인은 그녀에게
'로크포르(치즈)'를 준다. 슈퍼마켓에서는 통마다 뚜껑을
열어보고는, "스무 종류는 족히 될 온갖 겨자들"을 맛본
다. "어느 날 나는 우리의 르노5 자동차에, '나는 브르타
뉴 사람이며 그것이 자랑스럽다'라는 스티커를 붙였어
요. 그 몇 시간 뒤에 자동차를 도둑맞았죠." 베라 쿤데라
에게는 그녀 남편의 소설에서 사람들이 보게 되는 세상

사의 본의 아닌 아이러니를 포착하는 재간과 디테일에 대한 숭배 같은 것이 있다.

쿤데라가 대학에서 카프카를 강의하는 동안, 그녀도 학교에 가서 다른 문학 강의를 수강한다. 하지만 캠퍼스는 6개월 동안 내내 학생들의 소요에 점령된 상태다. 그 광경이 공산주의 점령 치하에서 막 도망쳐 나온 사람에게는 어떻게 보였을까! "안드레아스 바더 무리의 극좌 테러리스트 이름을 따서 '울리케 마인호프[5] 대강당'으로 개명된 샤토브리앙 대강당에서, 소르본 점령을 재연하는 청년 방구석 혁명가들의 생고생을 곤충학자로서 참관하는 체코 망명객을 상상해보세요. 기괴하죠. 다행히도 우리 같은 소수의 학생은 매주 그를 만날 수 있었고, 쿤데라는 우리의 눈을 뜨게 해주었죠." 당시 이 학교에서 문학을 공부했던 한 사람이 재미있다는 듯이 내게 들려주는 이야기다.

---

[5] Ulrike Marie Meinhof(1934~1976), 서독의 언론인, 공산주의자다. 안드레아스 바더와 함께 극좌적 테러 조직인 독일 적군파를 창설했다.

이민이란 새로운 친구들 모임을 만드는 일이기도 하다. 부교수 직이 보장해주는 건 7212프랑(1099유로)의 월급뿐이다. 거기에 "망명자 수당 685프랑"이 덧붙는다. "다행히도 우리에게는 숟가락을 빌려주는 친구들이 있었죠"라고 베라 쿤데라가 웃으면서 말한다.

밀란과 베라 쿤데라는 프랑스의 점심 식사 관습을 알아나간다. 어떤 화제를 중심으로 끝없이 길게 이어지는 식사다. "체코 사람들은 프랑스에서 수 세기째 이어져 오는 그런 사회적 의례를 모르죠. 축제며 식사, 살롱 같은 것들 말이에요. 그것이 프랑스를 지탱해줍니다. 프랑스는 설령 라플란드[6] 사람들에게 점령당한다 해도, 그런 의례 덕분에 나라가 산산조각이 나는 일은 없을 거예요." 1년 전에 베라는 〈호스트〉와의 인터뷰에서 그렇게 말했다.

---

6) Lapland. 핀란드와 스칸디나비아 북부, 그리고 러시아 콜라 반도 등 유럽 최북단 지역을 일컫는다. 서유럽인들은 이 땅의 주인인 사미인을 '북쪽에 사는 야만인'으로 부르곤 했다.

프랑스 사람들에게 이 부부는 호기심의 대상이었다. 브르타뉴, 프와투-샤랑트, 파리 등, 사방에서 사람들이 부부를 초대한다. 밀란은 니오르 근처에서 '우체부들' 중 한 명과 재회한다. '우체부'란 기차 편으로 조국과 프랑스를 오가는 사람들에게 그가 붙인 별명이다. 외교관인 장-실뱅 프라도와 그의 아내 마르틴이 전화를 해서 쿤데라 부부를 자신들의 시골집으로 초대한 것이다. 그들은 휴가를 위해 체코슬로바키아를 떠나왔고, 쿤데라가 맡긴 노트들을 가지고 귀국했다. 쿤데라는 《프라하 프랑스 문화원》의 역사에서 이렇게 털어놓는다. "우리는 그 집에서 아주 멋진 이틀을 보냈어요. 그때 처음으로 프랑스를 내밀하고 직접적으로 경험하게 되었죠."

다음 해 여름, 그들은 한 문학 교수의 초대 덕분에, 파리 좌안에 사는 부유한 사람들의 여름 휴양지로 유명한 벨-일-앙-메르를 알게 된다. 여름만 되면 이 섬에 있는 로크마리아 읍의 풀랭 등대 근처나, 부르익 물레방아 근처 어느 집에서 보내곤 하던 그들의 감미로운 일상 탈출 여행이 그렇게 시작된다.

사람들이 알까?《웃음과 망각의 책》은 1976년 여름, 바로 그 섬에서 씌었다. "밀란은 반대했지만, 내가 그의 타자기를 가지고 갔어요. 6주 동안 그가 내게 그 책의 초고를 타자하게 했죠. 수영복 차림으로 정원에서 포도 주를 마시며 일했어요." 베라가 그렇게 얘기해준다. 이 따금 그녀는 보헤미안의 우울을 느끼곤 한다. '정상화' 시기의 프라하에 살던 당시에도 이미 그녀의 남편은 이 렇게 말하곤 했다. "나는 베라를 웃게 하려고 글을 씁니 다." 이 1976년 여름 바캉스 동안, 밀란은 베라가 타자기 앞에서 "슬퍼하지 않도록" 자신의 책을 구술해준다.

그해 여름, 모르비앙주州의 이 섬에서 휴가 중이던 역 사학자 피에르 노라가 거기에서 자신의 친구 클로드 루 아와 만난다. 당시 작가이자 〈누벨 옵세르바퇴르〉의 기 자로 일하던 클로드 루아는 큰 영향력을 지닌 인물이었 다. 클로드 루아는 자신이 지지하며 신작이 나올 때마다 경의를 표하던 밀란 쿤데라의 집에서 바캉스를 보낸다. 노라는 갈리마르 출판사의 지적 전문지 〈르 데바〉 창간 을 준비 중이다. 벨-일에서의 만남이 그들의 우정을 굳

1976년 11월, 벨-일-앙-메르에서의 오로르 클레망, 밀로시 포르만과 밀란 쿤데라.

힌다. 그 몇 년 뒤 노라는 쿤데라에게 전화로 이렇게 부
탁한다. "당신의 개인 사전 같은 것을 좀 써줘요. 당신의
핵심어語들이랄지, 문제-어들, 애착-어들…." 그리하여
〈르 데바〉는 69개의 표제어로 된 소사전을 간행하는데,
이 사전은 나중에 《소설의 기술》에 재수록된다.

개학과 더불어 그는 "지방대 교수의 평범한 삶"으로
복귀한다. 적어도 그는 그렇게 생각한다. 하지만 그는

모르고 있다. 오늘날에야 밝혀진 체코 국가보안국의 문서들이 말해주듯, 그의 일거수일투족은 이 브르타뉴에서도 여전히 감시받고 있다. 비밀 경찰국 요원들은 이 망명객이 1968년 이후 체코에서 추진된 '정상화'에 대해 비판적인 발언들을 하는지 알고자 했다. "아마 그건 당국자들에게 그의 국적을 박탈할 좋은 구실이 되었을 겁니다." 프라하에서 만난 역사학자 페트르 지데크가 내게 그렇게 설명해준다. 그러려면 그를 근접 감시해야 한다.

발굴된 자료들이 그런 사실을 입증한다. 1980년대에 접어들 무렵, 체코의 비밀 경찰국은 쿤데라를 감시하기 위해 렌에 있는 두 명의 체코어 강사와 협력한다. 하지만 별 소득이 없다. 밀란이 체코 사람들과는 거리를 두고 지내기 때문이다. 그래서 '회색 옷의 남자들'은 "아주 더러운 게임"에 뛰어든다. 프라하에서, 이 부부와 연락하고 지내는 모든 이를 소환하는 것이다. "경찰은 그들에게 쿤데라가 제국주의자 요원들과 함께 첩보 활동을 벌였다고 말하며 그들을 윽박질렀습니다. 사실 그것은 쿤데라를 겁주는 하나의 방식이기도 했습니다. 만약 귀국한다면, 그런 날조된 활동으로 재판을 받을 수도 있다고 말이지요."페트르 지데크는 그렇게 설명한다.

1978년, 쿤데라 부부가 오리종 타워에서 이사하려는 듯한 낌새가 보인다. 체코슬로바키아로 귀국하는 문제가 아님에도 불구하고, 국가보안국은 만일의 사태에 대비한다.

베라 쿤데라는 자신들이 프라하로 되돌아갈 수 없으리라는 걸 알고 있었다. 그래서 부부는 파리에서 살고자 했다. 피에르 노라는 그들의 그런 뜻을 짐작하고 있었다. "1976년에 내가 쿤데라를 프랑수아 퓌레에게 소개해주었지요. 퓌레가 그를 도와주었으면 해서 말입니다." 프랑스 사회과학 고등연구원(EHESS) 총장인 퓌레는 프랑스 대혁명 전문가로 이름난 역사학자다. 과거에는 프랑스 공산당원이었으나 지금은 과격 반공주의자가 된 이 인물은 반체제 인사들에게 관심이 많다. 그런 사람들을 전부 쿤데라가 하는 세미나에 모아보는 것도 좋지 않을까?

파리의

소설의 아틀리에

A La Recherche de
Milan Kundera

그 월요일에 그가 검은 터틀넥 스웨터를 입었던가? 아니면 감색 셔츠? 기억이 나지 않는다. 추억들이 점점 흐려진다.

밀란 쿤데라는 레인코트를 벗고 머리에 쓴 모자를 탁자 위에 내려놓았다. 지금은 1980년, 이 체코 작가가 첫 번째 세미나를 하는 날이다. 장소는 파리의 파시 지구, 드 라 투르 가街의 어느 고급 란제리 부티크 근처다. 당시 세미나에 참여했던 거의 모든 학생이 그곳을 기억하고 있다. 십여 년이 넘는 기간 동안 쿤데라는 이 사회과학 고등연구원에서 40여 명의 특혜받은 학생들을 대상으로 자신이 선별한 문학 위인들에 대한 세미나를 열었다.

학생들은 그 첫 강의 때 그의 손이 유럽의 지도를 그린 사실을 기억하고 있다. 그가 그린 경이로운 삼각형, 즉 부다페스트·비엔나·프라하를 넣은 그 지도는 중앙 유럽의 문학이라는 *미지의 땅*을 발견하도록 청하는 초대다.

도입 말에서 그는 이렇게 예고한다. "프랑스의 여러분은 제대로 이해하지 못했습니다. 카프카는 비극적인 저자가 아니라 희극적인 저자입니다. 카프카를 읽을 때는 웃어야 합니다. 그러므로 무엇보다 우선 모든 '카프카론자kafkologue들'부터 떨쳐버려야 합니다". 그가 말하는 카프카론자들이란 카프카의 세계를 자신들의 박식함으로 뒤덮어버린 전문가들을 가리킨다. "소송의 도입부를 상기해보세요. 아침에 두 남자가 K의 집에 들이닥칩니다. 그는 아직 침실에 있는데, 이 침실에서 자신이 기소되었음을 알게 됩니다. 이 장면은 터무니가 없고 웃깁니다. 카프카가 처음 친구들 앞에서 이 장을 읽어주었을 때, 친구들 모두가 웃었습니다."

사회과학 고등연구원은 계단식 강의실이나 대강당에서 특강을 위주로 하는 학교가 아니다. "친구들을 만나고, 그들과 당신이 최근에 낸 책 얘기를 나누고, 때때로 학생이 이런 멋진 수업에 참여하곤 하는 그런 곳이죠"

라고 역사학자 피에르 로장발롱이 재미있다는 듯이 말한다. 그곳은 바르트라든가 데리다, 푸코나 레비스트로스 같은 사람들을 오가는 길에 마주치곤 하는 대학 아닌 대학 같은 곳이다.

월요일마다 일반 대학의 세미나에 참석하는 학생들과는 너무나 다른, 아주 괴상한 학생들 무리가 와서 U자형 테이블 주위에 둘러앉아, 우울한 시선에 단조로운 어조로 질질 끌 듯이 말을 하는 이 멋진 작가의 얘기에 귀를 기울인다. 참석자들의 구성은 뒤죽박죽이다. 우선 파리 16구에 정착한 루마니아 상류층 출신 귀부인 셋이 있다. 진주 목걸이며 반지며 빨간 손톱을 드러낸 채, "선생이 재담을 한마디 할 때마다 마치 오르가슴에 빠진 듯한 얼굴로 웃음을 터뜨리는, 미장원에서 머리 단장을 하고 오는 까치 세 마리"라고 소설가 시모네타 그레지오가 농담처럼 말한다. 랍비(질 배른하임), 시각장애인인 천재 사진사(슬로베니아인 예프게니 바프차르), 독학생들, 미국인들, 두 명의 번역가, 무일푼의 아주 어린 이탈리아 여학생 등등…. "나는 그의 책을 읽으며 프랑스어를 익혔어요. 내가 알던 위대한 작가들은 모두 죽었죠. 그러다 마침내 살아있는 한 사람을 만난 거예요." 시모네타가 내게 그렇게 말한다.

매주 쿤데라는 어깨끈이 달린 가방에서 비닐로 된 문서 보관 파일을 꺼낸다. 그 안에서 강의 내용을 요약한 카드들을 꺼내거나, 가끔은 도표를 꺼내기도 한다. 프라하 영화학교에서 가르치던 시절에는 노트 없이 강의했다. 하지만 프랑스에서 강의를 하기 시작하면서부터—1975년 렌 대학에서—그는 밤새도록 강의 준비를 한다. "강의 내용을 빠짐없이 적느라 지쳤죠. 프랑스어가 그에겐 외국어라서 즉석에서 바로 하기는 어려웠어요. 우리가 프랑스에 도착했을 때만 해도 그의 머리카락이 까맸는데, 6개월이 지나니 회색으로 변하더군요"라고 베라가 얘기해준다. 그녀는 매주 월요일, 그들이 세를 얻은 리트레 가의 아파트에서, 그에게 지하철 승차권 두 장과 수업이 끝난 후 뒤풀이에서의 술 한잔을 위한 용돈을 조금 준다. 사람들 말로는 이 교수가 자리에 오래 머문 적이 한 번도 없었다고 한다. 월요일마다 베라는 그의 귀가 시간에 신경을 썼다.

이 주 1회 수업에 대한 기록(오디오-비디오 자료)은 전혀 남아 있지 않다. 하지만 다행히도 라키스 프로가이디스가 있다. 파리로 이주해온 이 그리스 공산주의자 엔지니어는 당시의 그 세미나에 대한 살아 있는 기억이다. 그는 《웃음과 망각의 책》을 읽으며 프랑스어를 익혔고, 이 마에스트로의 수업에 가장 먼저 등록한 학생 중 하나였으며, 그리스 레스토랑에서 일하면서도 1994년에 세미나가 끝날 때까지 한 번도 결석한 적이 없었다. 그는 프랑스 철자 'r'를 조약돌처럼 굴리며 그 아름다운 시절을 이렇게 회상한다. "쿤데라는 처음 2년간 카프카 얘기로 시작해서, 그다음부터는 순서 없이, 2년 정도 헤르만 브로흐, 1년 정도 도스토옙스키를 얘기하고, 그리고 다른 작가들로 넘어갔어요."

이 체코 작가에게는 수요일에 같은 강의실에서 근엄하게 강의를 진행하는 그의 친구 코르넬리우스 카스토리아디스가 지닌 카리스마가 없었다. 시모네타 그레지

오의 말에 따르면, 그의 단조롭고 가는 목소리는 "소심함에 가까운 조심성이랄지, 혹은 조심성에 가까운 소심함" 같은 것을 숨기고 있다. "언제나 그는 방어적인 것처럼 보였어요"라고 그녀가 말을 잇는다. "세미나에 참석한 학생들을 보지 않는 듯했고, 중부 유럽 문화의 한 특징인지는 몰라도 지나친 친교나 극성을 경계하는 듯했어요." 학생들에게는 그것이 매력적이고 신비스럽게 느껴진다.

쿤데라는 강의가 천직인 사람이 아니다. 게다가 학위 논문 지도 같은 걸 할 생각도 없다. 재미는 있었는가? 그것도 확실치 않다. 그런데도 그가 강의에 열중한 건 그저 문학을 얘기해서가 아니라, 그의 문학을 얘기하기 때문이다. "이 세상에는 어떤 책을 좋아하는지를 통해서만 이해할 수 있는 사람도 있다는 걸 그에게서 깨달았죠." 랍비 질 베른하임이 내게 그렇게 털어놓는다.

쿤데라는 자신의 꿈의 도서관의 문을 활짝 열어젖힌다. 오스트리아 작가 로베르트 무질의《특성 없는 남자》

의 발췌 내용을 읽어주고, 자신이 애착하는 작가 헤르만 브로흐의 《몽유병자들》을 탐구하고, 아이러니의 대가인 프라하의 작가 야로슬라프 하세크의 《용감한 병사 슈베이크》의 세계에 눈뜨게 해준다. 그리고 세미나에 유고슬라비아의 작가 다닐로 키스, 폴란드의 작가 카지미에시 브란디스라든가(그는 자신의 회고록에서 이때의 일을 얘기한다), 혹은 자신의 친구인 폴란드의 영화감독 아그니에슈카 홀란트 등을 초청하여 옆자리에 앉힌다. 현재 그녀는 시리즈물 〈더 와이어〉, 〈하우스 오브 카드〉의 모든 에피소드의 연출을 맡고 있으나, 당시에는 안제이 바이다의 영화 〈당통〉을 해독하고 있었다.

쿤데라에게 이 세미나는 작문 예술에 대한 그 자신의 사상을 발전시키고 심화하는 멋진 실험실이었고, 이때 다듬어진 그의 생각들은 모두 나중에 펴낸 《소설의 기술》, 《배신당한 유언들》, 《커튼》… 등의 저작들에 실리게 된다. 세미나는 말하자면 "소설의 아틀리에"나 다름없었고, 프로가이디스는 1993년에 바로 이 이름의 잡지(및 작은 조합)를 창간하는데, 이 잡지에는 청년 우엘벡 같은, 모든 문학 학파를 거부하는 독립 행동자들이 많이 참여했다.

U자형 테이블에서 그의 옆자리를 지킨 이들 중에, 30세인 갈색 머리의 박사논문 준비생이 한 명 있다. 크리스티앙 살몽이라는 이 젊은이는 마르크스주의자로 볼셰비키 혁명에 관한 논문의 저자다. 그가 쿤데라를 만난 것은 우연에 가깝다. 〈리베라시옹〉에 실을 기사를 위해 쿤데라를 인터뷰한 것이 계기였다. 둘 사이가 공모 관계로 얽히고, 살몽은 이 재미난 세미나의 1번 등록자가 되었다가 나중에 프로가이디스에게 그 자리를 물려주게 된다. 그도 이렇게 기억한다. "1980년대 초에, 쿤데라의 인기는 대단했죠." 훗날 프랑스 한림원 회원이 되는 다니엘 살르나브와 철학자 알랭 핑켈크로트도 이 무리에 합류한다.

《참을 수 없는 존재의 가벼움》이 큰 성공을 거두자, 사방에서 문학 애호가들, 성가신 방문객들, 열성 팬들, 예찬자들이 상륙한다. 여기서도 "밀라안", 저기서도 "밀라안" 하고 소리쳐 부른다. 1984년부터는 사람들을 거

밀란 쿤데라의 세미나를 들었던 한 학생의 수업 노트. 이 노트의 주인인 노르베르트 차르니는 현재 문학 평론가로 활동하고 있다.

부해야 할 지경에 이른다. 늘 같은 이치다. 그늘은 본의 아니게 빛을 유인하고, 숨으면 모두가 호기심을 품는다. "사진사들이 그를 성가시게 하기 시작했어요. 길거리에 서는 낯선 사람들이 그를 멈춰 세웠고요. 그건 우리가 프랑스에 온 이후 처음 겪는 일이었죠. 그때부터 그가 만성적 압박 상태에 빠진 거예요." 베라 쿤데라가 〈호스트〉와의 인터뷰에서 그렇게 말한다.

그 1980년대 중반까지만 해도, 그리운 옛 소설 전통은 일종의 금기 같은 것에 짓눌려 있었다. 문과대학과 고등사범학교 입시 준비반에서는 나탈리 사로트와 알랭 로브-그리예를 연구하고, 텍스트들을 구조주의 비평을 통해 연구한다. 당시의 유행어는 바로 '해체'였다. 토도로프와 제라르 주네트가 그 분야의 스승들이다. 그 시절을 돌이켜보면, 몹시 재미있기도 했지만, 종종 이야기의 즐거움이라는 것을 조금은 망각했던 것 같다.

그들과는 달리, 쿤데라는 다른 아방가르드를 구현한다. 내밀한 사생활에서 소재를 끌어오는 자전적인 책들—아직은 '오토 픽션'이라는 말을 쓰지 않을 때다—
은 그에게는 별 의미가 없다. 그는 "자신의 자아를 다른
사람들에게 강요하는 것, 그거야말로 권력 의지의 가장
그로테스크한 버전"이라고 쓴다. 그는 소설 속에 사색과
이야기를 뒤섞는, 소설의 미개척지를 탐험하고자 한다.

당시의 무력증은 문학에만 국한된 게 아니었다. "쿤
데라의 세미나에는 이데올로기의 고아들, 사유의 거장
을 잃어버린 고아들이 찾아들었어요"라고 크리스티앙
살몽이 얘기를 계속한다. 1980년대 초에 닥친 마르크스
주의의 위기는 "정치적 해방을 논하는 거대 담론에 종
말을 고하고 역사를 괄호 속에 넣어버립니다"라고 그가
당시를 해독한다. 2000년대의 미디어 담론을 철저히 분
석한 그의 베스트셀러 《스토리텔링》은 쿤데라의 당시
세미나들에 크게 빚지고 있다. 1989년에 일어난 베를린
장벽 붕괴와 2001년의 9·11 테러 사이 시기, 그 공백을
메운 이는 밀란 쿤데라다. 폴란드 작가 비톨트 곰브로비
치 전문가인 장-피에르 살가는 어느 날, 쿤데라의 세미
나실을 나서면서 살몽에게 이렇게 속삭인다. "쿤데라는

새로운 사르트르가 될 수 있을 것 같아요. 반反이데올로

기적인 사르트르 말입니다."

귀화

A La Recherche de
Milan Kundera

쿤데라가 '트렌드'라는 것, 자크 랑이 그것을 잘못 볼 리 없다. 파리의 아름다움을 한눈에 내려다볼 수 있는 아랍 세계 연구소의 전망 좋은 집무실에서, 전前 문화부 장관 자크 랑이 이렇게 증언한다. "1981년 5월 프랑수아 미테랑이 대통령에 선출된 직후부터, 우리는 상징적이고 정치적인 다양한 행동들을 선보이려고 했죠."

쿤데라는 2년 전부터 무국적자 신세였다. 1979년, 프라하의 집권 공산주의자들은 그의 국적을 박탈할 구실들을 찾아냈다. 〈르 누벨 옵세르바퇴르〉에 실린 《웃음과 망각의 책》의 긴 인용문도 그렇고, 그가 〈르 몽드〉와의 인터뷰에서 프라하의 봄이 짓밟힌 이후 이루어진 "체코 문화의 학살"을 개탄한 것도 그 구실이 되었다. "나는 우리가 더는 체코슬로바키아로 돌아가지 못하리라는 것을 깨달았어요"라고 베라 쿤데라가 전화로 내게 이야기해준다. "그래서 제 아버지와 당시 브르노 푸르키노바 가에 살고 계시던 밀란 모친의 여생을 계획하기 위해 체코로 되돌아갔죠. 그때 소설《참을 수 없는 존재의 가벼움》의 노트들도 프랑스 대사관에 가져다주었고, 그들이 그것을 외교 행낭을 통해 다시 우리에게 넘겨주었죠. 그것 때문에 7시간 동안이나 경찰의 심문을 받고 나서야 이곳으로 되돌아올 수 있었어요."

"당시에는 쿤데라의 귀화를 지스카르 데스탱이 막고 있다는 얘기가 돌았어요." 자크 랑은 그렇게 기억한다. "그래서 1981년 7월, 나는 그를 프랑스인으로 만들어야겠다고 생각했죠. 30년 전부터 이곳에 살았던 훌리오 코르타사르처럼 말입니다." 기념식은 발루아 가의 제롬 홀에서 거행되었다. 분홍빛 저고리를 입은 문화부 장관이 "대단히 기쁜" 일이요 "대단히 명예로운" 일이라고 말하자, 푸른 하늘색 니트 티를 입은 쿤데라가 자신의 "제2의 조국" 프랑스가 이제 "제1의" 조국이 되어 "매우 행복"하다고 화답했다.

당시 쿤데라는 프랑수아 미테랑에게는 감사의 말을 하지 못했다. 대통령이 부재중이었기 때문이다. 하지만 그로부터 10년 후, 그는 소설《불멸》의 두 쪽에 이 정부 수반을 등장시키는 방식으로 미테랑에게 감사의 뜻을 표한다. 1990년에 출간된 이 소설에서, 프랑수아 미테랑은 대통령에 당선되자마자 판테온에 들어가서 '측량사'처럼 이 후세後世 대기실을 측정한다. 쿤데라는 이렇게 적는다. "미테랑은 죽은 사람들을 닮고자 했다. 이는 그가 대단히 (…) 지혜롭다는 증거다. 왜냐하면 죽음과 불멸은 헤어질 수 없는 연인관계를 이루며, 죽은 사람의 얼굴과 혼동되는 사람의 얼굴은 살아서 불멸하기 때문이다." 이 대목이 대통령의 눈에 띈다. 그는 두 번째 임기를 고통 속에서 수행하고 있다. 그가 10여 년 전부터 병중임을 눈치챈 이는 아무도 없다.

1991년, 문화부 장관이었던 앙드레 말로의 딸인 영화감독 플로랑스 말로가 베라 쿤데라에게 전화를 걸어 미테랑이 작가를 만나보고 싶어 한다고 알려준다. 소설가 프랑수아즈 사강의 집에서 점심 약속이 잡힌다. 〈호스트〉에 따르면, 그 집에서 미테랑이 《불멸》을 두 손으로 펼쳐 든 채 방 안으로 들어서서, 책을 피아노 위에 놓고는 작가에게 펜을 내밀며, "보니까 여기 나에 대해 몇 마디 하셨던데, 헌사를 좀 써주실 수 있을까요?"라고 말한 모양이다. 베라 쿤데라가 남편의 얼굴이 창백해지는 것을 본다. "급히 그에게 달려가 속삭여주었죠. 'r 자도 두 개고 t 자도 두 개야.'"

"우리는 친구가 되었어요"라고 베라 쿤데라가 말을 잇는다. "진정한 우정을 나누게 되었죠. 우리가 그를 마지막으로 본 건 엘리제궁에서의 어느 점심 식사 자리였어요. 그때 미테랑은 이미 병이 깊었어요. 회식에 참석한 이는 모두 10여 명쯤 되었는데, 밀란이 그의 오른쪽에 앉았죠." 메뉴로는 쿤데라가 싫어하는 굴 요리가 나왔다. "밀란, 나를 봐서라도 좀 드시오. 나는 이제 제대로 먹을 수 없는 처지지만, 적어도 당신이 맛있게 즐기는 걸 보면 내가 잘 먹은 것 같은 느낌이 들 것 같소." 미테랑이 그렇게 주문한다. 그 말에 쿤데라는 자신의 접시

1981년 7월 엘리제궁에서 프랑수아 미테랑 대통령의 영접을 받은 작가 장-피에르 파이와 밀란 쿤데라.

Kundera 84.85   16.11.84

Projets pour l'année
- 3 Invités :
  Philosophe Hovine (Ljubljana/Trieste)
  Professeur Lengros (au sujet de Tibor Dery)
  Christian Salmon sur Broch et Joyce / Petr Král
- Milan Kundera sur le Roman du XIXe siècle : Les Possédés
- Stifter / Nemcova

                        23.11.84

Broch et Joyce.
21 juin 31 lecture d'Ulysse.
juin 51 N'accepte pas le rapprochement Virgile - Ulysse
Ulysse Points isolés sans liens entre eux (→ 1943)
Que s'est-il passé entre les 2 dates ?
Confrontation Broch / Joyce. → Contradictions esthétique
de Broch.
① 1928 - 1931 Rédaction des somnambules et lecture d'Ulysse.
② 1932 Conférence James Joyce et le Temps présent (pub 1936)
③ 1934 - 1935 Manuscrit de la Mort de Virgile
④ La découverte d'Ulysse
6. 4. 30 Arrêté dans mon travail. Digérer le phénomène Joyce,
Mon "surmoi" littéraire

1984년의 강의 노트.

에 놓인 대여섯 개의 '스페셜'을 군말 없이 꿀꺽 삼킨다.

자크 랑은 이 일화를 알지 못한다. 그가 또 모르고 있는 것은, 쿤데라의 귀화 작업이 1981년 5월의 대통령 선거 전부터 추진되었다는 사실이다. 사회과학 고등연구원 총장인 역사학자 프랑수아 퓌레와 총리인 레몽 바르의 점심 식사 자리가 그 시발점이다. "1979년 봄 어느 날, 프랑수아 퓌레가 경제학자 장-클로드 카사노바에게서 전화를 한 통 받죠"라고 역사학자 자크 르벨이 그때의 일을 내게 얘기해준다. 당시 르벨은 사회과학 고등연구원에서 퓌레의 최측근으로 일하고 있었고, 카사노바는 일 년 전에 레몽 아롱과 함께 〈코망테르〉라는 잡지를 창간한 후, 총리 비서실에서 교육과 대학 관련 일을 보살피고 있었다. "그가 우리에게 전화를 걸어 마티뇽(총리 공관)으로 레몽 바르를 만나러 오라고 제안한 겁니다." 르벨의 이야기다.

1978년부터 쿤데라는 이미 3년 동안 살고 있던 렌을 떠나고자 한다. "친구들과 함께 퀘벡의 어느 대학에 작가의 자리를 구해보려고 했었죠"라고 몬트리올 맥길 대학교 교수 출신인 캐나다인 프랑수아 리카르가 털어놓는다. 하지만 작가의 파리 쪽 인간관계의 연줄이 더 길어, 곧 사회과학 고등연구원의 문이 그에게 열리게 된다. "사회과학 고등연구원은 늘 어느 쪽으로도 분류할 수 없는 사람들을 환영했습니다." 르벨이 그렇게 상기시켜 준다. 프랑수아 퓌레와의 점심 식사 회동에서 총리 레몽 바르는 '쿤데라 특별 강좌' 개설을 위한 예산 책정을 허가해주겠다고 약속한다.

당시, 밀란 쿤데라는 사석에서 퓌레를 자신의 '은인'으로 부르곤 했다. 하지만 그렇다고 해서 그가 퓌레에게 마냥 복종한 건 아니다. 쿤데라와 마찬가지로 과거에 공산주의자였던 이 프랑스 대혁명 전문 역사학자는 '붉은 무리'가 프랑스 땅에서 영향력을 발휘하지 못하도록 하고자 하며, 이를 위해 동구와 서구 지식인들 간의 교두보를 마련하고자 한다. 하지만 그건 쿤데라의 계획과 정확히 일치하는 것이 아니다.

1984년 8월, 파리 자택에서의 밀란 쿤데라.

작가는 체코슬로바키아에서 당과 경찰의 엄중 감시를 받으며 살 때 꾀를 내는 법을 터득했다. 프랑스에서도 그런 꾀를 부린다. 그것은 그가 《배신당한 유언들》에서 인용한 그 자신과의 다음 대화 속에 요약되어 있다. "쿤데라 씨, 당신은 공산주의자입니까?—아뇨, 나는 소설가입니다. 당신은 반체제파인가요?—아니오, 나는 소설가입니다. 당신은 좌파입니까, 우파입니까?—어느 쪽도 아닙니다. 나는 소설가입니다." 프라하에서 그는 반체제를 거부했다. 파리에서 취하는 태도는 비동맹이다.

이처럼 다른 사람들이 그를 위해 막후에서 분주히 움직이는 동안, 그는 세르반테스 이후 소설의 '유산'으로 학생들에게 큰 즐거움을 선사한다. "그 유산을 그는 마치 샤먼들이 4세기에 걸친 생명선들을 재구성하듯 이야기했어요." 크리스티앙 살몽은 그렇게 기억한다. "어느 세미나에서는 라블레에서 니콜라이 고골로 이어지는 웃음의 역사를 요약하더군요. 웃음은 낭만적 아이러니를 거쳐, 결국 베케트의 부조리에 이르죠. 소설의 이야기는 메아리가 있는 방이었습니다. 라블레에 대한 반발로 등장한 로렌스 스턴은 디드로에게 영감을 주고, 플로베르의 전통은 제임스 조이스에게로 연장되고, 카프카는 가르시아 마르케스에게 다르게 쓸 가능성을 깨닫게 해주는 등등…."

그는 사람들을 놀라게 해주는 걸 좋아한다. "어느 날에는 쿤데라가 녹음기와 스트라빈스키와 야냐체크의 카세트테이프를 들고 세미나실에 들어서더군요"라고 프로가이디스가 이야기한다. 당시 프랑스어 교사였고 나중에 〈나도를 기다리며〉라는 온라인 저널의 문학 비평가가 된 노르베르 차르니는 또 이렇게 기억한다. "그는 우리에게 클레망 잔느캥의 〈새들의 합창〉을 들려주었죠." 쿤데라에게 글이란, 스무 살 시절 그가 자신의 직업으로 삼고자 했던 예술인 음악에서처럼 다성악多聲樂이다. "내가 소설을 쓸 때 실제로 그런 뭔가가 내 안에 남아 있었습니다." 1984년에 텔레비전 프로그램 〈아포스트로프〉에 출연했을 때, 그는 수많은 시청자 앞에서 그렇게 설명했다.

그의 세미나는 작은 전설들을 퍼뜨리기도 했다. 어느 날 쿤데라가 제기한 다음 질문 같은 것이 그렇다. 마흔 살에 결핵에 걸린 카프카는 마지막 유언을 밝히는 자리에서 자신의 미간행 원고들을 사후에 불태워버리라고 요구한다. 그 임무를 그는 자신의 절친 막스 브로트에게 위임하는데, 브로트는 그의 말을 듣지 않고, 마지막 순간에 《소송》과 《성》을 구해낸다. 쿤데라는 세미나 참석자들에게, "여러분이 막스 브로트의 입장이 되어보라"고 말한다. "여러분이라면 어떻게 하겠는가?" 작가의 뜻을 존중하기 위해 그의 요구대로 할 텐가, 아니면 후세를 생각해서 그를 배신할 텐가? 그는 강의를 마무리하면서 자기 자신의 입장을 이렇게 밝힌다. "나라면 카프카의 《일기》는 출간하지 않겠지만, 그의 소설들은 지킬 것이다." 말은 하지 않았지만, 그는 이 사례를 그 자신의 교훈으로 삼았다. 세상을 떠나기 전에 자기 자신이 직접 자신의 작품에 벽돌을 쌓아 막고 빗장을 질러야 한다는 것.

프랑스어로

소설 쓰기

A La Recherche de
Milan Kundera

1990년 파리에서의 밀란과 베라 쿤데라.

이제 다른 전쟁이 시작된다. 좀 더 비밀스럽고, 좀 더 내밀한 전쟁이다.

이는 알랭 핑켈크로트와의 대담이 그 시발점이다. 이 철학자는 1979년 이탈리아 일간지 〈일 코리에레 델라 세라〉와 잡지 〈엑스프레스〉를 위해 밀란 쿤데라를 인터뷰하며 묻는다. "어째서 《농담》의 그 '화려'하고 '바로크적'인 문체가 뒤이은 다른 작품들에서는 그토록 '간결'하고 '투명'하게 변한 건가요?" 체코 작가는 그가 하는 질문을 이해하지 못한다. 인터뷰 후, 그는 1968년에 파리에서 출간된 그 소설, 그의 영광의 출발점이 된《농담》을 들여다본다.

그 뒷이야기를 쿤데라는 《농담》의 '결정판'에 덧붙인 주註에서 다음과 같이 얘기했다. 글 자체가 나중에 다시 좀 수정되었는지는 모르겠지만 내용은 대략 다음과 같다. 소설가는 번역본을 자세히 들여다보고는 "아연실색

했다"라고 말한다. 그는 소설이 "번역된" 게 아니라 "개작"되었다고 단언한다. 그 증거로서, 자신의 작품에 가해진 "윤색한 은유들" 중 최악의 것들의 목록을 작성한다. 체코어 판본의 "하늘은 푸르렀다"가 프랑스어 판본에서는 "보랏빛을 띤 푸르스름한 하늘 아래에서, 시월은 자신의 화려한 깃발을 치켜세우고 있었다"로 되었고, "그녀는 주변 공기를 격렬하게 치기 시작했다"가 "그녀의 두 주먹은 광란하는 풍차처럼 휘몰아쳤다"로 번역되었다.

그의 소설을 이렇게 훼손한 역자는 마르셀 애모넹이라는 사람이다. 당연한 일이지만, 이제 이 이름을 아는 이는 아무도 없다. 냉전은 번역의 세계에도 스며들었다. 이 인물 주위에 스캔들의 냄새가 풍긴다. 1948년에 프랑스 공산당에 입당한 애모넹은 체코슬로바키아 주재 '프랑스 외교 업무 담당' 문정관이었다. 하지만 쿤데라와 협력하기 15년 전인 1951년 4월 27일, 그는 프라하에서 기자 회견을 열어 "미 제국주의의 하인인 프랑스"를 고발한다. 나아가서는 공산주의 정권에 망명권을 요

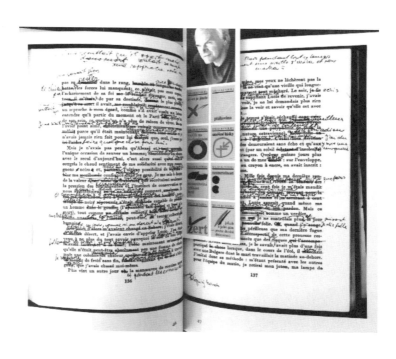

밀란 쿤데라가 수정한 《농담》 프랑스어 번역서 초판 복사물.

구하기까지 한다.

쿤데라 작품의 이 첫 번역자는 정말 어떤 사람이었을까? 맹목적인, 혹은 열렬한 운동가였을까? 프라하의 비밀 정보원? "나도 종종 속으로 그런 의문을 품었습니다. 만약 그가 비밀 정보원이었다면, 아주 저급한 정보원이었던 거지요." 쿤데라의 가장 충실한 번역자로 알려진 95세의 프랑수아 캐럴이 한숨을 쉬며 말한다.

쿤데라의 후대인들은 애모넹과 다른 많은 사람을 지워버렸다. 더 유명한 다른 여러 사람이 그의 서사시에서 지워졌다. 예를 들면 루이 아라공과 그가 쓴 《농담》 서문이, 마치 어떤 사람들이 프로파간다 시대의 공식 사진에서 제거되듯이, '플레야드' 판版에서 삭제되었다. "쿤데라가 보기에 아라공의 그 서문은 작품을 너무 정치화한 거였죠." 1978년부터 쿤데라가 하는 행동의 공인된 해설가를 자처해온 프랑수아 리카르는 그렇게 설명한다. 한편 《우리는 어떻게 쿤데라가 되는가?》라는 책을 펴낸 마르텡 리제크는 이렇게 단언한다. "그는 공산주의

자로 활동한 자신의 과거를 배출해버리고자 했습니다. 그의 소설의 일부 등장인물들이 그러듯이 말이지요."

2011년에 그의 작품이 '플레야드 총서'에 들어갈 때, 그는 조건을 내걸었다. 자신의 소설 열한 편과 극 작품 한 편, 그리고 평론집 네 편 등, 자신이 '유효'로 인정하는 작품만 넣어야 한다는 것이다. 그래서 시는 단 한 편도 들어가지 않았고, 극 작품도 세 편 중 한 편만 들어갔다. 큰 반향을 일으켰던 그의 글 〈어느 유괴당한 유럽인〉도 빠졌다.

몇몇 인물은 말 그대로 쫓겨나 버렸다. 카렐 고트가 그런 경우다. 그는 서양의 모든 히트곡을 체코어로 다시 부른 가수로, 사람들은 그를 "프라하의 황금 목소리, 혹은 발칸 반도의 프랭크 시나트라"라는 별명으로 불렀다. 쿤데라는 《웃음과 망각의 책》에서, 그를 "음악의 백치"라고 부르며 조롱했다. 이 체코 지역 유명 가수가 너무 촌스러워서였을까, 아니면 이 가수가 이제 대중에게 너무 인기가 많아 그를 조롱하기가 곤란해진 것일까? 어쨌든 '플레야드' 판본은 이 불쌍한 카렐 고트의 흔적을 남겨두지 않았다.

저자 소개 내용에는 오직 그의 책들만이 허용되었다. 고증 자료도 없고, 이본異本도 없으며, 연보도 없다. 이 권위 있는 총서의 초록색과 황금색으로 된 두 권의 책 등과 표지에는 '작품들'이라거나 '전집'이 아니라, 단수로 '작품'이라는 표현만 박혔다. 이제껏 한 번도 없었던 일이다.

'플레야드' 판 작품집 출간은 프랑스에서는 성대한 예우를 받았다. 하지만 파리 사회에서 멀리 떨어진 곳, 수년 전부터 문학의 장에 대한 비평 사회학이 활기차게 전개되고 있던 스위스의 로잔 대학에서는 사람들이 놀란다. "'플레야드'의 전통을 저버리고 저자가 직접 모든 것을 통제한 겁니다"라고 문학 교수 제롬 메조즈가 탄식하듯이 말한다. "책의 출판을 저자가 마음대로 하게 한다는 건 좋지 않은 생각입니다. 대개는 40년 후에 모든 걸 다시 하게 되죠. 생존 페르스의 경우처럼 말입니다."

"나는 그 작품집의 편집자가 아닙니다. 쿤데라 자신이 편집자죠!" 갈리마르 출판사에서 '플레야드' 판본을 주관하는 프랑수아 리카르가 그렇게 확인해준다. "나는 비서로 작업에 참여했습니다. 삶과 역사로부터 단절된 작가의 관점이 대세인 건 아니지만, 그는 저자가 죽기도 전에 저자의 작업을 빼앗아 마음대로 주무르는 오늘날의 대학인들과 카프카론자들에 맞서 철저하게 저자의 권리를 옹호합니다."

쿤데라는 카프카가 되지 않을 것이다. 그는 생전에 모든 것—특히 번역들—을 통제하고자 한다.

리카르의 표현을 빌리면, 그가 "대대적으로 다시 쓰기 캠페인"에 뛰어드는 것은 1980년대 중반, 《참을 수 없는 존재의 가벼움》의 성공 이후부터다. 그는 체코 원전의 번역본들을 거의 단어 하나 빼먹지 않고 재검토하고자 한다. 예를 하나 들어보자. 쿤데라는 프랑수아 캐럴이 번역한 《우스운 사랑들》의 다음 단락에 눈살을 찡그린다. "그녀의 몸은 수동적 저항을 끝냈다. 에두아르는 감동했다!" 소설가는 "'감동'했다고?"라며 우습다는 듯 반대한다. 그럼 '흥분'했다? 어휴, 그것도 그렇다. "에

두아르는 발기했다"라고 해야 한다고 소설가는 말한다. 즉시 언쟁이 벌어진다. "솔직히 말해서 내가 보기에 '발기했다'라는 표현은 어울리지 않았어요"라고 캐럴이 증언한다. "쿤데라의 작품에서는 상스러운 표현을 전혀 찾아볼 수 없어요. 그의 어휘는 고전적입니다. 그래서 나는 동의하지 않았죠. 그건 지금도 마찬가지지만 어쩔 수 없이 양보했어요…."

작가는 손에 펜을 들고서, 자기 책들의 '결정판들'을 혼자서 정리한다. 마치 포도주에 원산지 명칭을 붙이듯이, "오직 저자가 재검토한 텍스트만이 체코어 원전과 같은 가치를 갖는다"라고 명기한다. 번역자에게 조금은 상처가 될 수도 있는 일이다. "나는 그걸 좀 언짢게 여겼습니다." 캐럴도 동의한다. 1990년에 그는 《불멸》 번역을 사양한다. 자신이 월급쟁이로 일하던 유엔에서의 업무가 과중하다는 것이 그의 핑계였다. 그래서 그 대신 에바 블로흐라는 여자가 작업에 매달린다. 에바 블로흐가 누구인가? 번역자들 사이에서 전혀 생소한 이름이다. 쿤데라 전문가들이 머리를 쥐어짜 보아도 헛수고다. "나는 밀란 쿤데라 자신일 거라고 거의 확신했어요. 그는 신비화를 아주 좋아하죠." 핑켈크로트는 그렇게 말한다. "그는 극구 내게 친구라고 말했지만, 대체 어떤 친구 말인가요?"라고 리카르도 의문을 품는다. "이게 다 아주 쿤데라다운 일입니다…."

프랑스어를 프랑스어로 옮기는 건 괜한 고생 아닌가. 1990년대에 쿤데라는 사실 글을 쓰는 것보다 번역에 더 많은 시간을 보낸다. 온통 줄을 긋고 끼적거려서 성한 페이지가 하나도 없다. 정말 편집광적 도취 같다. 그러다 1995년에 갑자기 《느림》이 출간된다. 극도의 간결한 문체로 쓰인 일련의 짧은 소설 중 첫 작품이다. 이 소설은 원전 자체가 프랑스어로 씌었다. 작은 사건이라 할 만하다. 훗날 공쿠르상 심사위원장이 되는 프랑수아 누리시에는 1980년에 그 앞에서 그런 작은 혁명을 예상한 바 있다. 그때 이 체코 작가는 불가능한 일이라고 말했다. "다른 언어로 작업한다는 건 생각할 수 없는 일입니다. 그러기엔 제가 너무 나이가 들었죠. 에세이라면 몰라도 소설은 안 됩니다." 쿤데라의 세미나에 참석했던 옛 제자이자 친구인 크리스티앙 살몽은 내게 이렇게 털어놓는다. "그는 그 6년 뒤에도 자신은 절대 풍요로운 프랑스어의 어휘를 완전히 숙달하지 못할 거라고 말하더군요."

프랑스어로 작품을 쓰면 좋은 점이 하나 있다. "적어도 더는 번역자들과 씨름할 필요가 없잖아요"라고 그의 공모자 라키스 프로가이디스가 웃는 얼굴로 말한다. 쿤데라는 무엇보다 현실주의자다. 체코어는 널리 쓰이는 말이 아니다. 프랑스어는 그에게 문학의 세계화로 가는 왕도를 열어준다. 가브리엘 가르시아 마르케스, 필립 로스, 살만 루슈디, 카를로스 푸엔테스, 옥타비오 파스 등, 그의 동료들은 모두 스페인어나 영어로 글을 쓴다. '작은 나라' 출신의 첫 소설가인 그는 세계 무대에서 자신의 작품을 지켜야 한다.

"이보게 크리스티앙, 사실 작가의 재능의 50퍼센트

는 바로 그의 전략이라네." 어느 날 쿤데라는 그의 곁에서 《소설의 기술》 집필을 돕던 크리스티앙 살몽에게 그렇게 속삭였다.[7] 그 20세기 말의 파리에서는 문단을 좌지우지하던 거물들이 이미 국제적인 문학 에이전트들에게 밀려난 상태였다. 마틴 에이미스, 필립 로스, 살만 루슈디의 고문인 앤드류 와일리가 쿤데라의 고문이 된다. 1968년, 프라하의 봄 진압과 소련의 체코 점령으로 《농담》이 기대 이상의 대성공을 거둔 것이 작가에게 깊은 영향을 미쳤다. 이 경험에서 그는 사회학자들이 말하는 이른바 작품의 '수용'이라는 것의 중요성을 깨달았다. 그것은 대중과의 단순한 만남이 아니다. 그것은 차라리 전투에 가까웠다. 자국 영토에서만이 아니라 국외에서도 벌이는 전투 말이다.

그가 체코어로 글을 쓸 때는 프랑스 평단이 언제나

---

7) 쿤데라의 《소설의 기술》 제2부, 〈소설의 기술에 관한 대담〉은 크리스티앙 살몽과의 인터뷰다.(―옮긴이)

그를 좋게 보아주었다. 쿤데라는 건드릴 수 없는 존재 같았다. 한데 프랑스어로 쓴 새로운 연작이 출현하면서 부터 패가 바뀐다. 1990년대 말 무렵 처음으로 가시 돋 친 말들이 튀어나온다. 예컨대 〈리베라시옹〉은 《정체 성》이 출간되었을 때 이렇게 쓴다. "밀란의 실패작….십자말풀이의 바둑 무늬판 같은 건조한 문체." 필립 솔 레르스와의 관계가 단절된 것도 바로 이 시기다. 그는 1980년대에 쿤데라에게 갑옷과 투구를 입혀 준 프랑스 전위 문학의 중심 인물이다.

그들 간 불화의 공인된 동기는 무엇인가? 소테른 포 도주 한 병이다. 보르도에서 잡지 〈무한〉을 펴내던 솔 레르스는 포도주 한 병을 성심껏 골라 쿤데라의 집으로 가져갔다. 파리 제7구 그의 새 아파트에서의 점심 식사 에 초대를 받은 것이다. 베라는 누가 새로운 먹거리나 마실 것을 가져올 때마다 포도주병 위에 자신의 추를 움직여본다. 얼굴 알레르기로 고생한 적이 있는 그녀는 이 도구를 몸에서 떼어내지 않고 모든 음식을 추의 준 엄한 판단에 맡긴다. 그것은 그녀가 애착하는 레스토랑

'레카미에'에 부부 동반으로 친구들의 초대를 받아 갔을 때도 마찬가지였다. "언젠가 쿤데라가 내게 이런 말을 했던 것으로 기억합니다. '바보들은 모두 눈에 보이지 않는 신을 믿지만, 나는 눈에 보이는 추를 믿는다.'" 연출가로 일하는 니콜라 브리앙송이 내게 들려준 이야기다.

추는 베라의 비밀 무기다. 그녀가 꾀바르게 이용하는 아주 실용적인 도구다. 그녀의 손가락이 추의 줄을 은밀하게 미는 모습이 가끔 사람들 눈에 띄곤 한다. 추는 그녀가 더는 좋아하지 않거나 경계하는 사람들을 멀리하는 도구로 이용된다. 어느 편집자가 일행과 함께 왔을 때는 자신의 소파에 앉아 있는 낯선 이를 청진하는 도구로 쓰일 수도 있다. 솔레르스가 포도주를 가지고 온 그날, 샤토 쉬뒤로 산 소테른 포도주병 위에서 추가 미친 듯이 날뛴다. 아무리 그래도 그렇지, 이 보르도 작가나 특급 그랑크뤼 포도주를 희롱 거리로 삼는 건 곤란하지 않은가. 솔레르스는 잠자코 포도주병을 집어 들고 부엌으로 가서 포도주를 싱크대에 쏟아버린다. 파티는 그렇게 끝난다. 어쩌면 그것은 이미 일촉즉발 상태이던 불화의 그럴싸한 구실이었는지도 모른다.

이 샤토 쉬뒤로 포도주 에피소드가 있은 지 얼마 지나지 않아, 어느 글에서 솔레르스는 쿤데라가 프랑스어로 직접 글을 쓰는 것이 유감이라고 표현한다. 쿤데라의 텍스트들이 "번역으로 덕을 보았다"라는 게 그의 판단이다. 자신의 잡지 〈호랑이의 해〉 1998년 6월호에서, 그는 막 출간된 소설 《정체성》을 '범작'이라고 평한다. 그리고 《진정한 소설》이란 책에서는 "쿤데라가 프랑스어로 글을 쓰기 시작했다. 조용하다"라고 쓰기도 한다. 하지만 쿤데라는 《배신당한 유언들》에서, 자기처럼 솔레르스도 자신들이 한마음으로 예찬하는 아라공 덕에 "출세"했고, 또한 자기처럼 18세기를 사랑하는 그에게 "은밀한 동족의 감정"을 느낀다고 고백하며 그에게 심심한 경의를 표했다.

복수하기 위해서였을까? 아니면—어쩌면 이게 더 잔인할 텐데—이제 솔레르스라는 이름이 그의 세계화된 독자들에게 아무것도 상기시키는 바가 없어서? 어쨌든 쿤데라는 꼼꼼한 해설가들이 식사 모임에서 곧잘 먹거리로 삼곤 하는 치사한 짓을 범하고 만다. 솔레르스에 관해 언급한 위 단락들이 '플레야드' 판에서는 말끔히 사라진다. 그것들 역시 지워져 버렸다.

쿤데라가 새로 발표하는 연작들은 이제 외국에서 먼저 출간된다. 《향수》는 2000년에 스페인에서 먼저 출간되었고, 그 3년 뒤에야 파리에서 출간된다. 《무의미의 축제》는 2013년 이탈리아에서 나왔고 그 1년 후에 프랑스에서 나온다. "그건 하나의 마케팅 전략인 동시에 파리의 기존 질서에 콧방귀를 날리는 행동이기도 했죠"라고 캐나다인 프랑수아 리카르트가 털어놓는다. "물론 앙투안 갈리마르의 동의하에 이루어진 전략이었죠. 《느림》에 대한 평단의 반응이 좋지 않았어요. 그래서 그들은 다른 나라에서는 좀 더 좋은 평을 받으리라고 생각했습니다. 그게 먹혔죠!" 체코슬로바키아에서 탈출했던 쿤데라의 작품이 이제 파리를 등진다.

드보라체크 사건

A La Recherche de
Milan Kundera

때는 10월, 장소는 프라하의 어느 나지막한 언덕배기에 자리 잡은 스트라호프 수도원이다. 바로크 예술의 보석 같은 이 수도원에서, 밀란 쿤데라 작품의 번역본들을 전시한 전시회가 열리고 있다. 이곳을 방문하려면 성 카를라 자비의 수녀회 병원을 따라 가파른 오솔길을 올라가서 금빛 낙엽을 밟고 지나가야 한다. 오후가 되면 마치 《이별의 왈츠》에 나오는 요양 시설에서 일하는 사람들 같은, 흰 앞치마를 두른 풍만한 체구의 간호사들이 병원에서 빠져나온다.

지난밤, 한 젊은 역사학자가 전철역에서 나와 만나기로 약속했다. "붉은 스카프를 매고 갈 거예요. USB를 하나 가져오세요. 아마 얘기가 좀 길어질 거예요." 불가사의할 만큼 조심스러운 그의 태도에서 나는 마치 내가 50년 전의 과거로 되돌아가 나의 연구 주제(쿤데라)가 쓴 어느 소설 속에 있는 듯한 환상이 들었다. 마치 이 도시와 주민들이 내게 쿤데라를 이해시키기 위해 시간 여행에 나를 초대한 듯한 느낌이었다.

프라하에 쿤데라를 주제로 한 관광 코스 같은 것은 없다. 그의 책들에서 빠져나온 유령들이 있을 뿐이다. 스트라호프 수도원의 전시회를 찾는 방문객이 거의 보이지 않는다. 내가 경비원을 좀 귀찮게 하고 나서야 웬 공무원이 나와 쿤데라 작품 전시장 문을 열어준다. 그의 책들 표지를 설명하는 프랑스어 해설문들은 철자에 오류투성이다. 쿤데라가 그걸 보면 기겁을 하겠다는 생각이 든다. 어쨌든 용감한 전시회 주최자는 "세계 문학에서 쿤데라가 갖는 중요성을 강조"하고 싶었던 모양이다. 나는 포슈 판 총서로 간행된 그의 책들 표지 복제물과 광고판들 사이로 혼자서 이리저리 둘러보았다. 입체파 시기의 피카소 작품 복제화들도 무더기로 있었다. 소설의 형식과 언어를 협연協演시키는 쿤데라의 방식을 좀 더 잘 전달하려는 의도인 듯했다.

비밀 경찰국 지역 사무소가 있던 바르톨로메이스카 거리에도, 예전에 작가와 그의 부인 베라가 머물렀던

동네에도 쿤데라의 자취는 전혀 없다. 304번지에는 양장점 하나가 100퍼센트 체코산 '오리지날 패션'—영어로—이라며 자신들 가게의 옷맵시를 자랑하고 있다. 49개 언어로 번역된 소설가가 1960년대에 강의했던 영화학교도 이 작가를 기릴 생각을 하지 않은 것 같다. 그의 조국은 그에게 삐쳐 있고, 젊은이들은 그의 소설을 읽지 않았다.

노년층에게 이것은 단순히 무지와 무관심의 이야기가 아니다. 이와 관련하여 체코 공화국에서 농담처럼 떠도는 말이 있다. "하벨은 감옥에 들어갔기에 대통령이 되었다. 쿤데라는 프랑스로 떠났기에 작가가 되었다." 이는 괜한 농담이 아니다. 그것은 해소되지 않은 앙심과 지금도 여전한 식은 애정을 증언한다. 체코어로 번역된 쿤데라의 최근작들이 서점에서 잘 팔리고 있긴 하지만 말이다.

"어째서 망명 작가 쿤데라가 체코 지식인들에게 거의 강박적이라고 할 만큼 문제가 되는지 설명해주실 수 있나요?" 이미 30년 전에 필립 로스는 이반 클리마에게 그런 질문을 던졌다. 프랑스인들에게는 생소해도 체코인들에게는 널리 알려진 작가 클리마는 쿤데라가 망명하기 전인 1975년에 이《이별의 왈츠》의 저자와 종종 비교되곤 하던 소설가다. 필립 로스의 질문에 클리마는 이렇게 대답했었다. "그것은 그가 1968년까지는 공산주의 체제의 각별한 사랑을 받은 아이였기 때문이지요. 쿤데라의 그런 지위는 그가 1968년 프라하에서 소련 점령군이 강요한 '전체주의'와 검열에 맞서 싸우던 이들과 '연대하지 않은' 듯한 느낌을 주었습니다."(필립 로스,《왜 쓰는가?》) 이반 클리마는 현재 90세로 여전히 프라하에서 살고 있다. 그가 심리치료사로 일하는 아내의 응접실에서 나를 맞이해준다. 그 응접실에서 나는 그와 쿤데라의 관계가 완전히 끊어졌음을 깨닫는다. 떠난 이들이 있고, 남은 이들이 있다. 가버린 이들이 있고, 잊히지 않은 이들이 있다….

2008년 가을, 밀란 쿤데라가 파리에서 세계적인 작가의 길을 걷고 있을 때, 체코인으로서의 그의 과거 삶이 부메랑이 되어 되돌아온다. 〈레스펙트Respekt〉의 저널리스트인 한 역사학자가, 조국에서 추방되었다가 되돌아온 한 반공反共 청년의 이름을 딴 드보라체크 사건을 조사하던 중, 국가보안국 문서고에서 그때까지 알려지지 않은 문건 하나를 찾아낸다. 1950년 3월 14일, 당시 20세이던 이 미래의 작가(쿤데라)가 아마도 드보라체크를 경찰에 고발했고, 그래서 그 청년이 체포되어 22년의 징역형을 선고받게 되었다는 것이다. 당시로부터 반세기도 더 지난 시점에, 전 세계의 언론이 이 사건을 대서특필하며 쿤데라를 '시험대'에 올린다.

의심의 여지가 없다. 문서는 진본이며, 쿤데라의 이름이 분명 거기에 등장한다. 한데 어떤 자격으로? 왜? 나는 오리무중에 빠진다. 이 사건을 자세히 살펴본 중부 유럽 전문가인 자크 루프니크가 내 앞에서 추정하는 바는 이렇다. "그 역사학자의 기초 작업이 제대로 이루어지지 않았어요. 그 경찰 보고서에는 쿤데라를 지칭하는 단 한 문장이 나옵니다. 그 문장은 어떤 수상한 가방에 대한 주의를 환기할 뿐, 드보라체크에 대해서는 전혀 언급하지 않아요. 그 문장에 어떤 의미가 있기는 하겠지만, 우리가 그런 것을 고발이라고 하지는 않죠." 더군다나 비밀 경찰국이라고 실수가 없는 게 아니다. 연감처럼 두툼한 그들의 보고서에는 오류가 많고, 마구잡이로 인용된 이름들도 많다. 그들이 실제로 어떤 역할을 했든지 간에 말이다. "그 역겨운 문건이 우리의 건강을 해쳤죠"라고 베라가 다시 한번 곱씹는다. "고발 편지에는 당연히 밀고자의 서명이 들어가게 마련인데, 이건 그런 경우가 아니잖아요."

그 비난은 너무 폭력적이어서 밀란 쿤데라는 37년간 세심하게 지켜오던 신조를 깨고 결국 미디어 앞에 나선다. 그는 지난날의 그 〈아포스트로프〉 방송을 두 번 다시 보지 않았고, 자신에 관한 기사를 읽으려 신문을 펼쳐본 적도 없으며, 인터뷰에 응한 적도 과거를 뒤돌아본 적도 없었다. 그런 그가 90세의 나이에 매체에 응답하기로 한다. "나는 전혀 예상치 못했던 이 일에 깜짝 놀랐습니다. 어제까지도 나는 이 일을 전혀 모르고 있었으며, 그런 일 자체가 없었습니다."

그 사건으로부터 12년 뒤인 2020년 6월, 얀 노박이 쿤데라의 과거에 관한 990쪽짜리 앙케트, 《체코 시절의 그의 삶》을 출간한다. 그는 쿤데라가 자신의 삶을 "신비화"했다고 비난한다. 노박은 쿤데라의 삶을 그의 소설과 뒤섞고, 아니나 다를까, 그를 몹시 닮은 듯한 《이별의 왈츠》의 등장인물에 오랫동안 머무른다. "내가 보기에 이 소설 주인공 야로밀이 '계급의 적'을 고발하는 장면은 너무나 사실 같아서, 작가 쿤데라가 그 시민을 현장에서 붙잡았고 그래서 자신이 직접 한 행동[밀고]을 서술한 게 틀림없는 것 같다."

절대 자전적인 글을 쓰지 않겠다고 했던 쿤데라의 문학 신조가 이로써 일거에 날아간다. 작가는 절대 자신의 삶을 작품에 끌어들이려고 하지 않았다. 그는 "소위 실험적 자아들", 자신이 꾸며낸 인물들에만 깃들어 산다. 1968년 프랑스 라디오와 가진 드문 인터뷰에서, 쿤데라는 그의 글에서 그의 과거의 흔적을 읽어내려 하는 모든 이에게 경계심을 드러낸 바 있다. "나는 역사적 자료 같은 소설을 좋아하지 않습니다. 그런 문학을 혐오합니다." 1980년대에 사회과학 고등연구원에서 세미나를 할 당시에도, 자기가 보기에 솔제니친은 문학을 한 게 아니라 정치를 한 것 같다고 털어놓기도 했다.

이 체코 사건은 간단치 않지만, 파리에서는 베르나르 앙리 레비나 핑켈크로트 같은 지식인 친구들이 전면에 나선다. 야스미나 레자는 〈르 몽드〉에 이렇게 쓴다. "소문의 제국에서 침묵은 무례로 여겨진다. 베일을 벗지 않으려 하는 자, 작품 외에 내야 하는 이 공적 기여금을 내지 않으려 하는 자는 불편한 인물이 되고 최고의 표적이 된다." 이 소동에서 쿤데라 부부는 산산이 부서진다. "이번에는 정말 어떤 회귀도 불가능하다는 걸 깨달았어요. 동시에, 집으로 돌아가야겠다는 생각도 떠올랐죠. 숨을 수 있는 곳으로…." 베라는 2019년에 문화 전문지 〈호스트〉에서 그렇게 설명했다.

이별의

왈츠

A La Recherche de
Milan Kundera

오랫동안 쿤데라의 긴 실루엣은《무의미의 축제》에 나오는 조각상들, 뤽상부르 공원의 공작부인과 뮤즈와 시인의 조각상들 사이를 돌아다니곤 했다. 나이 든 그의 삶은 이제 파리 7구의 막다른 골목 안에서 맴돈다. 그의 아파트의 차양들은 늘 내려져서 그 무엇도 그의 일상의 밀실로 스며들지 못한다. 닫힌 창문들은 작은 공원에서 빠져나오는 아이들의 외침 소리를 막아준다. 이 부부에 겐 아이가 없다. 갑자기 아주 추해져 버린 해변 도시 투케에 있는 아파트도 베라 쿤데라가 자신의 '감옥'이라고 부르는 파리 아파트로부터의 기분 전환처가 되지 못한다.

《참을 수 없는 존재의 가벼움》의 저자는 2007년에 체코 문학상을 받았다. 그는 프라하로 가지 않고 녹음으로 감사를 표했다. 그 3년 뒤, 브르노시가 밀란을 '명예시민'으로 추대했을 때는 시장이 직접 쿤데라 부부의 파리 아파트로 찾아와 증서를 전달했다. 언젠가는 그들의 장서藏書가 정반대의 여정에 따라 체코 공화국으로 가게 될 것이다. 아직은 사람들이 그들을 찾아온다.

충실한 친구들 무리도 마찬가지다. 출판인 앙투안 갈리마르, 사회과학 고등연구원 세미나에 참여했던 크리스티앙 살몽과 라키스 프로가이디스 같은 제자들, 야스미나 레자와 브누아 뒤퇴르트르 같은 작가들. 그리고 소설가 프랑수아 타일랑디에가 안부 인사차 들르기도 한다. 타일랑디에가 이렇게 털어놓는다. "향수의 의미가 언어별로 어떻게 달라지는지에 대한 그의 긴 전개라든가, 등장인물의 운명을 철학적 쟁점과 연결 짓는 방식 등, 그 모든 것에서 깊은 인상을 받았었죠."

"쿤데라에겐 제자는 없어도 예찬자들이 있습니다. 그게 더 나은 거죠"라고 한림원 회원인 도미니크 페르낭데즈가 강조한다. 라틴아메리카 문화원 원장으로 있는 프랑수아 비트라니도 차를 마시러 들러서는, 파리에 막 정착한 밀란과 베라 쿤데라가 고개를 어느 쪽으로 돌려야 할지 몰라하던 지난날을 추억하곤 한다. 그 당시, 1980년

2019년 프라하의 스트라호프 수도원에서 열린 전시회.

대에는 부부의 친구인 작가 카를로스 푸엔테스가 프랑스 주재 멕시코 대사로 파리에 있었다. 그는 축제 때면 꼭꼭 그들을 초대했고, 그 회식을 함께 즐긴 이들 중에는 훌리오 코르타사르, 가브리엘 가르시아 마르케스 등도 있었다. "부뉴엘도 있었죠"라고 베라가 덧붙인다. "자주 만났어요. 대사관에서 잠까지 잔 적도 여러 번이었죠." 근심 걱정 없이, 신나게 즐기던 시절이다.

체코 공화국을 방문했을 때, 나는 이 망명객과 그의 부인이 분장扮裝을 하고서 코에 선글라스를 걸친 채 종종 이곳에 비밀리에 머무르곤 했다는 소문을 들었다. "헛소리예요!"라고 베라 쿤데라가 항변한다. 그날 그녀는 기분이 좋지 않았고, 나의 문자에 대한 답신에 '007 요원'이라는 서명을 넣어 보냈다. 그녀가 장담하는 바로는, 이들 부부는 '벨벳 혁명'과 바츨라프 하벨의 대통령 당선 이후, "대여섯 번" 정도 고향을 방문하긴 했으나 21세기에 들어서는 한 번도 간 적이 없다.

첫 방문은 1990년이었다. 부부는 올사니 묘지에 안장

된 베라 아버지의 무덤에 들른 후 프라하 시내를 가로질러 호프마이스터 호텔로 갔다. 당시 그들은 낯선 느낌에 고개를 돌려야 했던 모양이다. "시내 중심가 곳곳에 관광객들을 위해 체코어와 영어를 함께 적은 표지판들이 있더군요"라고 베라가 이야기한다. "러시아 점령기 때조차 키릴 문자로 된 게시물들은 배격되었는데 말이에요. 내가 좋아했던 장소들을 알아보긴 했지만, 뭔가가 변해 있었어요. 내가 정말 내 집에 돌아온 게 맞나 싶은 생각이 들었죠."

1970년대에 프랑스에 도착했을 때도 그들은 그런 낯선 느낌을 맛보았었다. 파리의 체코인들과도 관계가 그리 순탄치만은 않았다. "물론 톤다 림이라든가 피터 킹, 밀로시 포르만 등, 이주한 몇몇 친구들과는 자주 어울렸죠"라고 베라가 〈호스트〉에 이야기한다. "하지만 그 정도가 거의 다예요. 다른 사람들은 우리를 원하지 않았고, 우리도 그들을 원하지 않았죠. 1980년대에 구스타프 후사크 체코 대통령 반대 시위에 참여한 적이 있는

데, 대사관 앞에서 맨 처음 만난 시민이 빈정거리는 투로 이렇게 쏘아붙이더군요. '쿤데라 씨는 감기가 들어 오늘 시위에 못 나왔나 보지요?' 나는 곧바로 집에 돌아와 '이제 다시는' 가지 않겠다고 다짐했어요."

이제 그들은 진짜 체코인도 아니고 진짜 프랑스인도 아니다. 그들에게 아직 유럽이 남아 있긴 하지만, 유럽이라는 별도 이제는 빛을 잃고 있다. 쿤데라는 그 별의 기수였고, 그도 그 별과 함께 흐릿해지고 있다. 그는 유럽의 쇠락을 누구보다 먼저 예감한 사람이었다. 이미 그는 1986년에 출간한 《소설의 기술》에서, '유럽인'을 "유럽에 향수를 느끼는 사람"으로 정의한 바 있다. 유럽이 이 부부에게 걸었던 마법은 이제 끝났다.

2015년의 그리스 사태가 그들을 숨막히게 한 가장 최근의 일이다. 재정 위기의 여름, 그리스의 여름 이야기다. 친구 크리스티앙 살몽이 아테네에서 돌아왔다. 살몽은 그리스에서 친親 시리자[8] 방송국의 국장을 그의 사

---

8) Syriza. 그리스의 현 집권당인 좌파연합정당.

무실에서 만났다. 국장이 "아테네에는 빛의 세기의 철학자들 조각상이 세워져 있습니다. 왜냐하면 그들 덕에 우리가 그리스 독립국이라는 관념을 갖게 되었으니까요. 한데 그 유럽이 지금은 우리의 적이 되어버렸습니다"라고 가슴 아파하며 말한다. 파리로 돌아온 살몽은 밀란 쿤데라를 찾아가 그리스의 상황이 얼마나 절망적인지 얘기해준다. 쿤데라에게 그리스의 이 절망은 작가가 1983년 〈르 데바〉에 게재했던 유명한 글(〈어느 유괴당한 유럽인〉)에서 언급한 헝가리 통신 국장의 절망을 연상시켰다. 몇 년 뒤인 1986년 가을, 그 국장은 자신의 부다페스트 사무실이 소련의 포격에 박살나기 수 분 전, 전 세계에 절망에 찬 텔렉스를 보냈다. "우리는 헝가리를 위해서 그리고 유럽을 위해서 죽을 것입니다." 시리자 정부의 재무장관 야니스 바루파키스에게 매료되어 있던 쿤데라 부부는 역사의 이 같은 병렬並列에 충격을 받았다.

"우리는 청춘이 뭔지 모른 채 유년기에서 벗어나고, 결혼이 뭔지 모른 채 결혼하고, 노년기에 들어서서도 인생이 어디로 가는지 모른다. 그런 점에서 인간의 대지는 무경험의 세계다." 쿤데라는 그렇게 적었다. 유럽은 그들의 눈앞에서 환상처럼 녹아내리고, 그들은 어디에서도 평안을 느끼지 못한다. 밀란 쿤데라는 1981년에 프랑스 국적을 취득하면서 이렇게 말했다. "프랑스는 내 책들의 조국이 되었고, 나는 내 책들의 길을 따라왔다." 〈뉴욕 타임스〉에서는, "제집chez-soi이라는 개념이 정말 신화란 말인가[신화가 아니지 않은가]"라는 생각을 털어놓기까지 했다. 그 후, 민족주의적 퇴행이 여러 대륙을 관통했다. 이들 부부는 신임 체코 대통령의 어조에 무감각하지 않으며, 베라는 사람들이 블라디미르 푸틴과 러시아를 너무 심하게 비판하는 걸 그리 좋아하지 않는다. "그 무엇도 당신이 생각하듯 검거나 아니면 희거나 하지 않아요. 모든 건 회색이죠."

"스트라빈스키처럼 쿤데라도 망명의 부정적 개념을 절대 용인하지 않았던 것 같아요." 핑켈크로트는 그렇게 믿고 싶어 한다. "그는 망명을 하나의 기회로 여겼고, 그래서 그와 자국민들 간의 거리가 더 멀어졌죠. 이제 나이

가 드니, 조국에 대한 향수
가 베라와 그를 사로잡은
것 같아요. 최근에 생겨난
흥미로운 변화입니다. 그
가 체코 국적을 되찾기로
한 이유가 바로 그거예요."

밀란 쿤데라의 체코 국적 증명서.

2019년 11월 28일, 그
들의 아파트에서 별난 수
여식이 거행된다. 공산주
의 체제가 작가에게서 박탈해버린 체코 국적을 '회복하
는' 의식이다. 베라와는 달리 1979년에 국적을 박탈당
했던 밀란 쿤데라는 이제 이중 국적 소유자가 된다. 이
번 의식 역시 국적을 박탈당할 때처럼 증인 없이 거행된
다. 당시 프랑스 주재 체코 대사로 수여식을 거행한 외교
관 페트르 드루라크가 내게 이렇게 말한다. "아주 간단했
어요. 그가 증명서를 받고서 내게 고맙다고 말했죠. 그런
다음 점심을 함께 먹었고요."

수년 전, 쿤데라 부부는 보헤미아에서 여생을 보낼 생각을 했었다. 하지만 악의적인 기사들과 가장 최근에 나온 책이 그런 생각을 접게 했다. 그들은 파리에 남았다. 그들이 노년기를 보낼 도시가 된 파리는 더는 베라를 매혹하지 못한다. 소음, 공사, 파업, 시위, 노란 조끼… 등등이 너무 많고 자주 나타난다. 하지만 파리 외에 다른 어떤 선택지가 있는가? "내가 이곳에서 죽을 거라는 걸 생각하면 끔찍해요." 베라는 〈호스트〉에 그렇게 털어놓았다. "나도 정원의 나무를 바라보다가 눈을 감았던 괴테처럼 떠나고 싶었어요. 1세대 이주민은 뭔가 허공을 떠도는 사람, 정지 상태의 존재 같아요. 자신의 진짜 집을 잃어버렸고, 다시는 어느 새로운 나라에서 제집을 찾지 못할 사람 말이에요."

친구들은 부부를 이해해보려 한다. "그는 불가능한 회귀라는 주제로 책을 한 권 쓰기도 했죠.《향수》말입니다. 더군다나 프랑스어로 말이죠"라고 자크 루프니크가 당혹스러운 듯, 한숨을 쉬며 말한다. 술집 '라 클로저리 데 리라'에서 만난 필립 솔레르스는 내게 이렇게 설명한다. "작은 언어를 쓰는 나라에서 큰 언어를 쓰는 큰 나라로 오려면 배짱이 두둑해야 합니다." 피에르 노라는 부부의 비극적인 혼란 상태를 설명하기 위해 그들의 인생 영화를 되돌려 본다. "자신의 모국어로 책을 내서는 읽히지 않게 된 작가보다 더 나쁜 경우는 아마 없을 거예요. 이제 그는 먼저 프랑스에 있지 않고서는 체코에 있을 수 없는 처지가 되었죠. 그는 체코 사람들이 자기를 거부한다는 것을 알아요. 노벨상 위원회도 그를 잊었고, 프랑스도 그를 잔뜩 추켜세웠다가 등져 버렸습니다…."

나도 이 비극적 운명을 탐사해보고자 했다. 큰 기대는 하지 않았지만, 마침내 밀란 쿤데라를 만날 기회라는 생각도 했었다. 나는 브르노에서, 프라하에서, 렌의 '오리종' 타워 아래에서, 파리의 리트레 가 끝에서, 그의 그림자를 살폈다. 이렇게 그의 주변을 맴돌다 보니, 내게 그는 꿈에서도 다가갈 수 없을 듯한 조각상 같은 존재가 되어버렸다.

"당신은 온통 우리의 삶에 사로잡혀 있군요!" 2019년 끝 무렵, 내가 나의 신문(〈르 몽드〉)에 연재하기 위해 그의 모험을 돌이켜보고 있을 때, 베라가 그런 문자를 보낸다. 어느 금요일 그녀가 마침내 전화를 건다. 매번 그랬듯이, 그녀가 내일이나 모레쯤 같이 술 한잔 나누자고 약속한다. 작은 이모티콘 두 개가 그녀의 문자메시지 위에서 유쾌하게 건배를 한다. 우리가 그런 얘기를 나누고 있을 때 밀란이 전화기를 잡는다. 생전 처음 내가 그의 느릿한 목소리를 듣는다. 30년 전 텔레비전 프로그램 〈아포스트로프〉에서 들었던 바로 그 목소리다. 그가 내게 감상적인 상송 같은 기분 좋은 얘기들을 늘어놓기 시작하자, 그의 아내가 얼른 전화기를 가로챈다.

오늘날, 쿤데라 부부의 마음은 이미 모라비아의 브르노에 가 있다. 밤만 되면 베라는 보헤미아 남부지방, 수마바 숲속의 비드라 암반 위에 누워있거나, 블타바강에서 스케이트를 타거나 멱감는 꿈을 꾸곤 한다. 20세기 초의 체코 시인 빅토르 디크의 시 한 구절이 그녀의 뇌리를 맴돌며 잠을 설치게 한다. '조국'이 그녀에게 말한다. "네가 나를 떠나도, 나는 죽지 않으리라. 나를 떠나면, 네가 멸하리라."

감사의 말

나의 신문 〈르 몽드〉에 감사드린다. 특히 밀란 쿤데라를 찾아서 내가 프라하로 날아갈 수 있게 해준 제롬 페노글리오와 필립 브루사르에게 감사드린다.

나의 부탁을 받고 《농담》의 저자에 관해 얘기해준 모든 이에게 감사드린다. 특히, 소중한 탐구 자료와 도움을 제공해준 프랑스 문화원의 뤽 레비, 밀란 쿤데라의 작품에 정통한 크리스티앙 살몽의 인내심을 고맙게 생각한다. 알리스 무트슈펄은 시간을 들여 여러 문서와 기사를 번역해주었는데, 거기에는 베라 쿤데라가 문화 전문지 〈호스트〉와 가진 두 번의 인터뷰 기사도 포함된다. 하나는 1991년 프라하에서 마리 보디체코바와 가진 인터뷰이고, 다른 하나는 2019년 9월 파리에서 미로슬라프 발라스티크와 가진 인터뷰다.

한 번도 내게 문을 완전히 닫아버리지 않고, 시적인 문자메시지들로 나를 매혹한 베라 쿤데라에게 감사드린다.

끝으로 밀란 쿤데라에게 특히 감사드린다. 그는 이 책 어디에도 등장하지 않지만, 나는 지난 내 20년 동안의 저자였던 그의 목소리를 이 환상적인 숨바꼭질의 끝에 이르러 마침내 들을 수 있었다.

옮긴이의 말
'내밀한 것'에 대하여

　번역자는 종종 적절한 대응어를 찾지 못해 애를 먹을 먹곤 한다. 해당 단어가 중요한 단어일 때는 특히 더 괴롭다. 번역할 때 흔히 직면하는 문제인데, 이 책에서는 특히 '사생활'이라는 말이 역자를 곤혹스럽게 한다.

　이 책 서두에서 저자 아리안 슈맹은 쿤데라에 대해 이렇게 말한다. "나는 사생활을 최고 가치로 내세우는 쿤데라의 생각을 좋아한다. 그는 무엇보다 사랑의 성찰에 탁월하다." 자신의 책 《밀란 쿤데라를 찾아서》가 쿤데라의 사생활을 파헤치는 게 목적이 아님을 선언하는 듯한 이 문장 속의 '사생활'을 가리키는 프랑스어는 'intimité'이다. 흔히 사생활로 번역되고, 역자도 이 책에서 어쩔 수 없이 사생활로 옮겼지만, 사실 형용

사 'intime(내밀한)'을 명사화한 이 말은 사생활의 일반적 표현인 'vie privée'와는 조금 다른 의미를 내포한다. 'intime(내밀한)'은 '안의'라는 뜻을 가진 라틴어 '인투스 intus'의 최상급 표현이며, 따라서 'intimité'는 좁게 보면, 우리의 내부 깊이 감춰져 있는 '내밀한 것'을 가리킨다. 남에게 보여주거나 알려줄 수 없는 것, 남이 보거나 알아서는 안 되는 것, 따라서 남이 알려고 해서도 안 되고 알게 되었더라도 누설해서는 안 되는 것이다. 우연히 알게 된—심지어는 허락 없이 가로채기까지 하여—남의 내밀한 것을 함부로 누설하는 짓(indiscrétion), 이 시대의 유행병 같은 이 행위, 오늘날에 횡행하는 이 무분별하고 경박한 행위를 쿤데라는 "중대 범죄"로 간주한다.

내밀한 것intimité과 그것의 누설indiscrétion은 쿤데라의 소설 세계의 문을 여는 키워드 같은 말들이다. 전자를 그저 일반적 의미의 '사생활'로, 후자를 '무분별' 혹은 '경솔함'으로 옮겨서는 이 말들이 쿤데라의 소설 세계에서 갖는 무게가 제대로 전달되지 않는다. '내밀한 것'이 어째서 보호받아야 할 최고 가치인지, 또 그것을 '누설'

하는 행위가 어째서 중대 범죄인지를 이해하려면 잠시 그의 소설 작품을 펼쳐보아야 한다.

《농담》의 주인공 루드비크. 자신의 코믹 본능을 잘 다스리지 못하는 그는 매사에 진지하기만 한 순진한 여자 친구 마르케타의 정신세계를 좀 뒤흔들어주고 싶은 마음에서 체제의 적 트로츠키를 찬양하는 농담 한 구절을 엽서에 적어 보낸다. 그 후, 까맣게 잊어버린 그 엽서 내용이 당기위원회의 검열에 걸리고, 그는 소환 통보를 받는다. 그것은 그 여자 친구를 놀려주려고 한 농담이었다고 항변해보지만 먹혀들지 않는다. 왜 그런가? 그것은 두 사람 관계의 '속내'를 모르고서는 이해하기 힘든 농담이기 때문이다. 그의 농담은 '그와 그녀의 아주 사적이고 독특한 관계'(냉소로 멋을 부리려는 남친과 매사에 진지하고 순진하기만 한 여친이라는 사적인 맥락)를 잘 아는 사람만이 이해할 수 있는 농담이다. 그것이 검열에 걸려 전혀 다른 맥락, '당원과 당의 관계'라는 맥락으로 바뀌는 순간, 그는 '트로츠키주의자'라는 꼬리표를 달게 되고, 그의 삶은 곧장 나락으로 떨어진다. 루드비크가 정말 트로츠키주의자인가? 그의 내면에 숨어 있던 트로츠키주의자가 농담을 통해 바깥으로 드러난 것이 아닌가? 그런 농담을 했다는 건 바로 그런 가능성을 말해주는 것이 아닌가? '내밀한 것'은 밖으로 유출되는 순간 우리의 진짜 존재인 듯이 받아들여지기 쉬우나, 이는 사실이 아니다. 우리의 내밀한 자아는 대단히 유동적이며, '내밀한 것'은 우리의 존재가 아니라 우리의 존재 가능성, 대개는 실현 가능성이 아주 희박한 존재 가능성이다. 내심 우리는 기분에 따라 별의별 생각을 다 하지 않는가? 많은 이들이 차마 뱉을 수 없는 말들을 잠시 가슴에 품었다가 지우며 살지 않는가? '트로츠키주의자 루드비크'도 실현 가능성이 거의 없는, 코믹 본능이 잠시 밀어 올린 그의 잠재적 자아다. 그는 자신도 모르고 있던 잠재적 자아 때문에 공적 심판대에 섰고 처벌받았다. '내밀한 것'의 유출 사고가 빚은 참사다.

《참을 수 없는 존재의 가벼움》에서 테레자는 "시대에 뒤진 여자"라는 소리를 듣기 싫어서, 자신의 낡은 세계관을 극복하고 싶어서 외도를 결심한다(본인 아닌 다른 누구는 결코 알 수 없는, 참으로 '내밀한' 동기다). 그리고 '엔지니어'와의 정사에서 전혀 예상치 못했던 강렬한 쾌감을 맛본다. 하지만 그것도 잠시, 어쩌면 자신의 외도 장면이 엔지니어가 숨긴 카메라에 찍힌 게 아닐까 하는 의심이 움트는 순간, 그녀의 쾌감은 그 몰래카메라에 대한 상상만으로도 이내 공포감으로 변한다. 이때부터 테레자의 삶에 어둠이 드리우기 시작하고, 그녀는 자살 충동마저 느낀다. 결국 테레자는 토마시에게 프라하를 떠나자고 간청하기에 이른다. 그들을 도시에서 추방한 건 진짜 카메라조차도 아니다. 그녀가 상상한 가상의 카메라, 그녀의 마음속에 어른거리는 카메라의 유령이다. 이 역시 내밀한 것의 유출 가능성이 빚은 참사다.

그리고 《불멸》은 '내밀한 것'의 또 다른 차원을 드러낸다. 6부 〈문자반〉 22장, 로마의 어느 미술관에 들른 루벤스가 십자가에 매달린 아네스의 환영을 보는 장면을 살펴보자. 가슴을 가린 아네스가 십자가에 매달려 있고, 그 양쪽에는 두 도둑이 십자가에 매달려 있다. 가슴을 가린 그녀의 두 손을 그들이 하나씩 떼어낸다. 그것을 바라보는 대중이 환호하고, 아녜스도 흥분한다. 내밀한 것을 제물로 삼는 관음증과 노출증의 이 기묘한 결합을 어떻게 이해해야 할까? 이 루벤스의 환시幻視는 이제 우리가 새로운 세계로 진입했음을 가리킨다. '내밀한 것'이 대중에게 전시되고, 대중이 그것을 보고 환호하고, 환호하는 그 대중을 보며 전시된 나체 역시 황홀해하는 이 세계는 20세기 초에 간행된 슈니츨러의 단편소설에 등장하는 엘자의 세계와는 너무나 다르다. 수치심을 잃어버린 아녜스와 달리, 엘자는 아버지의 빚을 대신 갚기 위해 빚쟁이에게 자신의 알몸을 보여준 후 수치심을 못 이겨 끝내 자살하고 만다. 수치심을 느낀다는 것은 내가 아직 내 안에 '내밀한 것'을 갖고 있으며, 그것이 노출될까 봐 마음을 졸인다는 증거다. 내가 아직한 개인으로, '사적 존재'로 살아간다는 증거다. 처형당한 수줍음 앞에서 모두가 황홀해하는 광경을 보는 루벤스의 환시는 우리에게 그런 세계가 이제 더는 존재하지 않는다고 말한다.

내밀한 것과 그 누설이 제기하는 인간 실존의 문제는 쿤데라의 문학적 촉수가 가장 예민하게 반응하는 탐구 영역이다. 물론 40여 년에 이르는 그의 자발적 실종도 이와 무관치 않다. 그래서 궁금했다. 이 책은 수십 년 동안 저널과의 접촉을 일절 거부함으로써 자신의 삶을 스스로 '봉인'해버린 작가의 무엇을 독자에게 알려주기 위해 쓰인 것일까? 베라 쿤데라와 문자 메시지를 주고받고, 쿤데라를 알고 지낸 많은 지인의 증언을 듣고, 그의 삶의 이정표라 할 만한 장소들(체코의 브르노와 프라하, 프랑스의 렌, 벨-일-앙-메르, 파리, 코르시카 등)을 찾아다니며 저자가 쿤데라에 대해 말해주려고 한 것은 무엇일까?

이 책의 저자 아리안 슈맹은 프랑스 일간지 〈르 몽드〉의 보도 기자다. 그녀는 자신이 찾아 나선 소설가가 오늘날의 기자를 전체주의 체제의 비밀경찰에 비유한다는 사실을 잘 알고 있을 뿐만 아니라(저자는 "공산주의 나라들에서는 경찰이 사생활을 파괴하지만, 민주주의 나라들에서는 기자들이 사생활을 위협한다"라는 쿤데라의 말을 인용하기까지 한다), 내밀한 것의 유출이 우리 삶의 중대한 위협이라는 쿤데라의 의식에 깊이 공감하기까지 한다. 그래서 그녀의 탐구는 봉인된 그의 사생활을 파헤치는 방향으로는 나아가지 않는다. 오히려 그 반대다. 그의 봉인된 삶이 아니라, 그가 자신의 삶을 봉인해버린 이유, 어쩌면 일반 대중에게 오만으로 비칠 수도 있을 그의 과민한 태도를 그 대신 해명하는 듯한 느낌마저 든다. 저자가 이 책의 상당 부분을 망명 작가 쿤데라의 과거 삶, 그 '감시당한 사생활' 탐구에 집중한 건 아마도 그런 의도에서일 것이다. 사생활을 보호해야 할 최고 가치로 내세우는 쿤데라의 생각이 그의 트라우마의 소산일 수 있다는 얘기 아니겠는가.

물론 이 책이 이 문제만 얘기하는 건 아니다. 자신이 찾고자 한 쿤데라를 끝내 대면조차 하지 못했지만, 저자는 그의 삶과 창작의 여정을 병치하며 일반 독자가 잘 모르는 많은 사실을 알려준다. 그런 노력 덕택에, 책의 단락과 단락 사이에서 쿤데라의 삶과 작품이 부단히 공명하는 것 같다. 그의 어느 시기 어느 곳에서의 삶에 그의 어느 소설 작품이 소환되기도 하고, 또 그의 어느 소설에 그의 삶의 조각들이 어떻게 삽입되었는지 환기되기도 한다. 그런 공명이 그의 삶과 작품에 대한 이해를 심화시키고 그의 소설들을 다시 펼쳐 들고 싶은 욕구를 불러일으킨다.

하지만 이 책 전체를 수미일관하는 탐구 주제는 역시 쿤데라의 자발적 실종이다. 쿤데라가 자신의 삶을 실세계에서 지워버리고자 한 이유는 무엇인가, 과연 작가가 이 세상에 자신의 작품만 남긴 채 자신의 삶을 철저히 봉인해버릴 수 있는가, 또한 그것이 과연 옳은 일이며 세상은 그에게 그렇게 하도록 허용해줄 것인가. 저자는 이에 대한 의문의 끈을 끝까지 놓지 않으며, 그 판단을 독자의 몫으로 남긴다. 독자들이 그것을 어떻게 판단할지 궁금하다.

2022년 봄,

김병욱

본문에 수록된 이미지 출처

page 13: ⓒ Sophie Bassouls/ Sygma/ Getty Images

pages 17, 25, 28, 36, 38, 39, 50, 68, 76, 77, 113, 124, 135, 169: D.R.

Pages 31, 63, 163: ⓒ Ariane Chemin

Page 47: ⓒ Alamy/CTK/Jovan Dezort

Page 100: ⓒ Sveeva Vigeveno/ Gamma-Rapho

Page 123: ⓒ Etienne Montes/ Gamma-Rapho

Page 127: ⓒ François Lochon/ Gamma_Rapho

Page 132: ⓒ Gyula Zarand/ Gamma_Rapho

밀란 쿤데라를 찾아서

첫판 1쇄 펴낸날 2022년 5월 20일

지은이 | 아리안 슈맹
옮긴이 | 김병욱
펴낸이 | 박남주

종이 | 화인페이퍼
인쇄·제본 | 한영문화사

펴낸곳 | (주)뮤진트리
출판등록 | 2007년 11월 28일 제2015-000059호
주소 | 서울시 마포구 토정로 135 (상수동) M빌딩
전화 | (02)2676-7117 팩스 | (02)2676-5261
전자우편 | geist6@hanmail.net
홈페이지 | www.mujintree.com

ⓒ 뮤진트리, 2022

ISBN 979-11-6111-084-4 03860

• 책값은 뒤표지에 있습니다.